| 光明社科文库 |

史诗文化的教育传承与数字化保护研究

包　莹◎著

光明日报出版社

图书在版编目（CIP）数据

史诗文化的教育传承与数字化保护研究 / 包莹著
. -- 北京：光明日报出版社，2023. 3
ISBN 978 - 7 - 5194 - 7140 - 8

Ⅰ. ①史… Ⅱ. ①包… Ⅲ. ①蒙古族—英雄史诗—诗歌研究—中国 Ⅳ. ①I207. 22

中国国家版本馆 CIP 数据核字（2023）第 063224 号

史诗文化的教育传承与数字化保护研究

SHISHI WENHUA DE JIAOYU CHUANCHENG YU SHUZIHUA BAOHU YANJIU

著　　者：包　莹

责任编辑：杨　娜　　责任校对：杨　茹　李佳莹

封面设计：中联华文　　责任印制：曹　诤

出版发行：光明日报出版社

地　　址：北京市西城区永安路 106 号，100050

电　　话：010-63169890（咨询），010-63131930（邮购）

传　　真：010-63131930

网　　址：http：//book. gmw. cn

E - mail：gmrbcbs@ gmw. cn

法律顾问：北京市兰台律师事务所龚柳方律师

印　　刷：三河市华东印刷有限公司

装　　订：三河市华东印刷有限公司

本书如有破损、缺页、装订错误，请与本社联系调换，电话：010-63131930

开　　本：170mm×240mm

字　　数：155 千字　　印　　张：14

版　　次：2023 年 3 月第 1 版　　印　　次：2023 年 3 月第 1 次印刷

书　　号：ISBN 978 - 7 - 5194 - 7140 - 8

定　　价：89. 00 元

前言

史诗是叙述英雄传说或重大历史事件的叙事诗，多以古代英雄歌谣为基础，经集体编创而成。作为一种文类，史诗经过长期发展和演变，不断吸收其他民间叙事文学的养料，借鉴抒情色彩浓重的体裁，形成了独特题材内容、艺术方式及诗学等方面的体系。史诗及其文化现象蕴含着一个民族的精神、思想、观念和习俗等，反映着民族地区人民群众的生活理想和美学追求，是了解民族历史、民族文化、社会生活的重要载体，具有极高的文学价值和珍贵的史学价值。本研究以蒙古英雄史诗为例，从马克思主义的社会发展理论出发，结合民族学的社会历史分期作为参照，着力从诗学观、美学观角度探讨蒙古英雄史诗的文化特色、样态演变、内容结构、价值意蕴以及具体史诗作品的历史源流。

蒙古英雄史诗融合了神话、传说、祝词和民歌等多种民族元素，是民间数代说唱艺人集体创作出的一种重要的民间文学体裁，也是蒙古民族传统文化中最具代表性的文学成果。它以诗歌这种文学体裁记述了蒙古民族的发展历史与生活习俗，也是该民族性格特点和民族精神的文化表达方式；史诗中歌颂了英雄情怀，表达了对美好未来的祈盼，充满了乐观向上的生活态度。但是，现代社会人们生活水平不断提升，文化娱乐方式丰富多样，思想观念发生了新的变化，这对民俗文化的传承与发展造成严重冲击，蒙古英雄史诗发展也面临许多困境：一方面，蒙古英雄史诗的文化圈在逐渐缩小，其生成发展的社会环境发生了变化；另一方面，在民众生产生活中蒙古英雄史诗的受众群体出现分化，尤其是年青一代对其认识不够，缺乏学习兴趣，传承问题堪忧。在活态传承条件发生变化的情况下，如何有效地保护和传承蒙古英雄史诗这一历史成果，是一个亟待研究与解决的教育问题。因为从古至今，蒙古英雄史诗一直是蒙古民族社会、文化、教育中的重要组成部分。

基于研究缘由、意义与现状，以教育学、文化学、民俗学等多学科的理论观点为指导，采用史论结合、以史为鉴的史学思维方式，分析了蒙古英雄史诗形成、发展和演变过程以及主要内容与表演形式；运用观察法和深度访谈法，了解蒙古民族的群体特征以及其所依存的自然环境、社会环境和文化环境；通过问卷调查法从现有史诗艺术形式中掌握年青一代受众群体对蒙古英雄史诗文化的认知，概括了蒙古英雄史诗文化传承的实态，找到传承困境所在；继而将蒙古英雄史诗文化置于教育传承和数字化保护的视野下，重点分析了教育传承蒙古英雄史诗文化的有效性和适切性，以及适合史诗文化特征的教育传承方式，同时提出了解决史诗传承面临困境的应对之策。概括而言，本研究的主要内容与相关结论如下。

首先，在分析蒙古英雄史诗的史实方面，以史料为基础，从教育学、民俗学的视角，对蒙古英雄史诗发展史和民间艺人生活史进行梳理与描述。一是从蒙古英雄史诗产生与发展所依存的文化生态体系中，分析其自然环境、社会环境等历史背景，从而进一步探讨史诗产生、发展与演变的历史进程。二是通过对史料的整理与研究发现，随着民族发展，社会繁荣，文化融合，孕育蒙古英雄史诗发展的文化环境发生了变化，出现了蒙古英雄史诗的新样态。蒙古英雄史诗的新样态是在维持原有史诗的基本结构和特征的同时，融入其他的民族文化并不断发展，同时也促进了民族间的文化教育交流与融合。三是对蒙古英雄史诗的内容、表演形式、传承方式进行了归纳总结。其中，蒙古英雄史诗的主要内容涉及史诗思想主题、故事角色形象、内容结构布局、文本形态和音乐特征等方面的介绍；表演形式从表演主体、表演语境、表演行为等方面进行了分析。史诗的内容构成与表演形式都为史诗的口头传承提供了重要的有形和隐形载体。四是在史诗的发展演变过程中，民间艺人起到了重要的推动作用，他们既是史诗的创作者和传播者，又是史诗的保护者与继承者。为此，考察民间艺人生活史也成为本研究的一个重要组成部分，即从艺人生活变迁过程中分析对文化创作与传承的影响，为本研究增添了新的内容。

其次，在探讨蒙古英雄史诗不同的教育传承方式时，围绕蒙古英雄史诗的传承问题而展开，分析不同教育传承方式的适切性、可行性以及所存在的问题。一是采用访谈法、观察法和问卷调查法对传统的师徒式教育传承方式和现代的社会载体式教育传承方式进行了调查，结果显示：“父子相传，师徒相授”的传统教育传承模式依然发挥着不可替代的作用，但这一方式在当代面临着传承断代、原生态传承场域消失、传承空间有限等问题；社会载体式教育传承方式以其灵活多样的传承载体提升了传承效果，但依然存在着保障设施建设不足、资源匮乏、机构间相互独立且缺少合作等问题；由于蒙古英雄史诗的特殊性以及社会多元文化的影响，在肯定教育传承民族文化的优势和积极作用的同时，也认识到了当前的困境所在。二是各种传承方式之间相互独立，缺少互动与沟通，过于强调和运用单一方式，不能使文化传承达到最佳效果，而有效办法是相互补充、相互促进、共同发展。

最后，在蒙古英雄史诗教育传承与数字化保护的路径探索上，提出借助文化大数据系统中的数字化载体，并将其运用到蒙古英雄史诗的教育传承中，搭建史诗传承的数据化、网络化和信息化教育平台，使文化资源与教育资源有效对接，不同传承方式之间资源共享、相互补充，以此达到传承发展与创造性转化，营造现代化和数字化的良好民族文化教育环境，实现蒙古英雄史诗的有效传承，丰富人民群众的文化生活，促进蒙古民族文化繁荣与发展。

本书的撰写得到了诸多民族学和教育学领域专家学者、同行、民族文化传承人及出版社编辑老师的指导与帮助，在此向他们表示衷心的感谢！由于笔者能力、经验所限，研究和探索还不够深入，书中疏漏之处在所难免，敬请各位读者提出宝贵意见。

包莹

2023 年 2 月

目 录
CONTENTS

绪 论

文化是教育发展之源，教育是文化传承之流。文化通过教育的传播得以选择、传承和创新；教育通过吸收文化的精髓，获得生存与发展的养分。一个多民族国家的教育，不仅要担负起传递中华民族优秀传统文化的功能，同时也要担负起传递少数民族民间文化的功能。蒙古英雄史诗是反映蒙古民族历史与民族精神的文化成果，在其历史演变和教育传承中形成了促进民族团结与发展的多重价值。目前，蒙古英雄史诗等一些少数民族民间文化正面临着保护困境与传承危机，而随着大数据时代的到来，民族历史文化怎样传承与发展，教育将如何利用“大数据”在传承与创新少数民族历史文化方面探索新路径，是值得思考与研究的问题。

一、全面了解蒙古英雄史诗文化的内涵样态

（一）英雄史诗的内涵

史诗被释义为：“一种长篇叙事诗，它题材重大，主题明确，反映

了一个时代的特点，是古老的长篇作品，也是文学发展史上的重要文学体裁之一。”① “史诗”一词最初起源于欧洲，18 世纪法国作家伏尔泰在《论史诗》中讲道：“史诗一词来源于希腊文，原意是‘说话’。只是由于习惯相沿，这个词才与用诗体写的关于英雄冒险事迹的叙述联系起来。”这里所说的“史诗”，实际上只指古老的英雄史诗。这种认识一直延续到马克思主义经典著作中。中国民俗学家钟敬文先生认为：“史诗，是民间叙事体长诗中一种规模比较宏大的古老作品。它用诗的语言，记叙各民族有关天地形成、人类起源的传说，以及关于民族迁徙、民族战争和民族英雄的光辉业绩等重大事件，所以，它伴随着民族历史一起生长。从某种意义上来说，一部民族史诗，往往就是该民族在特定时期的一部形象化的历史。”当前，我国学术界对“史诗”的理解并不一致。一种观点是沿用国外传统的史诗概念，认为“史诗”只是指英雄史诗，而不包括其他作品；另一种观点把史诗分为两类，即创世史诗和英雄史诗。从我国的实际情况看，将史诗基本上分为两种类型是比较恰当的。所以，我们所说的史诗，和欧洲学者的概念不完全相似，其中除了英雄史诗，还包括比英雄史诗产生更早的创世史诗。就世界范围而言，创世史诗比较集中出现在我国南方少数民族地区，英雄史诗比较集中出现在欧洲各国和我国北方一些少数民族地区，以及巴比伦、印度等文明古国。这都决定于这些民族特定的社会历史条件、民族性格以及邻近民族文化交流的影响等。②

---

① 李盼．“史诗”与“诗史”析论：以《诗经》和杜诗为例［J］．湖南科技学院学报，2012，33（10）：60.

② 潜明兹．史诗探幽［M］．北京：中国民间文艺出版社，1986：2.

在我国境内分布着三个史诗带，也就是英雄史诗的三个中心，它们分别是内蒙古呼伦贝尔市巴尔虎至鄂尔多斯等部族中心、扎鲁特—科尔沁部族中心（科尔沁史诗）、新疆至青海一带的卫拉特部族中心。位于巴尔虎史诗带的巴尔虎英雄史诗内容丰富，以短篇史诗为主，是蒙古英雄史诗中独具代表性的史诗类型。它主要分布在内蒙古陈巴尔虎旗、新巴尔虎右旗和新巴尔虎左旗等地区。故事情节集中在以下四类：一是描写英雄人物到远方娶妻的故事；二是描写英雄人物征战胜利的英雄事迹的故事；三是描写英雄人物到远方娶妻后又征战的故事；四是描写英雄人物多次征战中战胜不同侵略者的勇敢行为的故事。位于卫拉特史诗带的卫拉特英雄史诗主要分布在新疆、青海、甘肃等地，与巴尔虎史诗相比，卫拉特英雄史诗又有了更多的进步与发展，不仅有短篇史诗、中篇史诗，还在此基础上出现了长篇史诗，史诗内容更加丰富、复杂。著名史诗《江格尔》就是在这个地区产生与发展起来的。卫拉特史诗与巴尔虎史诗在基本情节上较为相似，多为征战故事和婚姻故事，但卫拉特史诗在基本情节的发展过程中又派生出一些情节，这些情节又演变为一种重要的独立情节伴随故事的发展；在英雄人物上，卫拉特史诗中很少出现只针对一个英雄人物的描写，大多是在一部史诗中出现多个英雄人物或一个英雄人物和几个朋友，通过集体的力量消灭敌人。位于科尔沁史诗带的科尔沁史诗主要分布在内蒙古东北部地区的兴安盟通辽以及吉林省前郭尔罗斯蒙古族自治县等地区，以短篇史诗和中篇史诗为主。科尔沁史诗与传统史诗不同，它们具有独特的内容、风格、表现手法、诗歌语言和程式化描写。仁钦道尔吉教授在其著作中曾指出，科尔沁史诗处于蒙古英雄史诗的衰弱和演变阶段，后人根据史诗材料进行了再创作，属于重大演变形态的史诗，但在某种程度上依然保留着传统史诗的共同情节、主题、人物、结构等因素。

结合以上论述，我们将英雄史诗理解为一种以长篇叙事为体裁，讲述英雄人物的经历或事迹的诗，它的内容源于历史、传说或神话，通过夸大的艺术表现形式，塑造完美的英雄形象，其结构宏大，通篇充满着理想的、奇幻的色彩。而蒙古英雄史诗既具有史诗的共性又具有民族特性，它产生于蒙古民族形成过程中，大多数篇幅宏伟，以社会交替时期战争中的英雄为主，讲述的是蒙古民族历史上重大事件、人物以及演变成的英雄传说，赞扬的是蒙古族各部落、氏族形成过程中的英雄人物，歌颂的是正义战胜邪恶，反映的是蒙古族人民的社会生活，表达的是由分散到统一的民族愿望，体现的是蒙古族人民和谐共生、自强不息的民族精神。

（二）史诗发展的新样态

蒙古英雄史诗发展到16世纪末、17世纪初出现了一些变化，当时由于社会变迁、经济转型、社会制度等方面的影响，出现了蟒古思故事、本子故事等新样式的变化史诗。它们源于史诗，继承了史诗的基本结构特征。仁钦道尔吉教授最早谈到过扎鲁特—科尔沁史诗，它具有史诗形式，但有些内容源于传入蒙古民族地区的汉族小说，表现出远古史诗和其他民族故事相结合的特点，既具有史诗的幻想色彩，又有对人生真谛的解读，还有一些汉族历史演义小说的内容，构思奇特，想象丰富。学者金海将其称为变异史诗，从不同角度研究了蒙古族变异史诗的文化背景、艺术特征及思想内容等，同时指出变异史诗和史诗变异的区别，认为变异史诗是一种诗体，是相对于远古或近代史诗的概念而言。

巴·布林贝赫教授从史诗种类上将蒙古英雄史诗划分为三种，即原始史诗、发展史诗和变异史诗，变异史诗用来指科尔沁史诗或蟒古思故事，还从文化变迁的角度解读了变异史诗。

这类史诗的流传地区主要在内蒙古科尔沁草原地区。"科尔沁"包含着历史、部族、地域三重含义。早期科尔沁草原地区驻扎着历史悠久、文化底蕴丰厚的蒙古族部落。在成吉思汗称帝建都前，科尔沁仅为一个军事机构，平时负责护卫保护，战时负责冲锋打仗。15世纪初，科尔沁演变为哈布图·哈萨尔（成吉思汗的胞弟）后裔所属各部的泛称，成了著名的科尔沁部。清朝时期，内蒙古被划分为六个会盟，其中哈萨尔王后裔所在的科尔沁部被划归为哲里木盟（现通辽市），由其后裔管辖。新中国成立后科尔沁地区又被重新划分，那么现今科尔沁史诗具体流传地区为内蒙古兴安盟科尔沁右翼中旗和右翼前旗、内蒙古通辽市扎鲁特旗、吉林省松原市前郭尔罗斯等地。这些地区位于我国东北部，地势呈南北高、中部低、西高东低态势，气候属于温暖半干湿气候，为半农半牧经济生活方式，经济发展缓慢，生活节奏较慢，地域范围广，自然环境多样，是蒙古族聚集较多的地方，因此也保有较为原生态的史诗形式。

本研究认为，蟒古思故事和本子故事是蒙古英雄史诗演变过程中产生的新样式，将其统称为史诗新样态。从广义上看，史诗新样态指史诗经过演变阶段完成转化后而形成的所有史诗类型，主要有蟒古思故事、本子故事等；从狭义上看，专指本子故事，本子故事又称乌力格尔，它是蒙古英雄史诗的演唱传统与汉族章回小说和口头说书传统相结合的产物。蒙古族民间称只讲故事而无乐器伴奏的乌力格尔为"雅巴干·乌力格尔”，又称“胡瑞·乌力格尔”；用朝尔伴奏的乌力格尔，被称为“朝仁·乌力格尔”；用四胡伴奏说唱的乌力格尔，则为“胡仁·乌力格尔”。除伴奏乐器不同外，它们的说唱曲调也不同。即使艺人在说唱同一个故事，其使用的拉弦乐器不同，演唱效果也不一样。随着社会的变迁、时代的变化，无乐器伴奏的“雅巴干·乌力格尔”淡出了人们的视野，而“朝仁·乌力格尔”由于会使用朝尔的人越来越少，逐渐被“胡仁·乌力格尔”取代，渐渐也退出了历史舞台。现如今，人们所说的乌力格尔主要是指“胡仁·乌力格尔”。在本研究中采用了田野调查法，走入内蒙古通辽市、通辽市扎鲁特旗、内蒙古兴安盟等地区，对本子故事（乌力格尔）的传承现状也进行了调研，研究中将本子故事（乌力格尔）作为史诗变化后即产生的新样态史诗代表进行详细说明和阐释。

二、深刻认识蒙古英雄史诗传承与保护的困境

（一）少数民族文化保护面临挑战

少数民族文化是少数民族在长期历史实践活动中创造和积淀的文明成果。作为民族共同体的“精神内核”，少数民族文化是本民族获得持续发展的源泉，对维系民族认同与民族团结、民族生存与民族繁荣起着重要的作用。我国的少数民族文化是中华民族优秀传统文化和世界优秀文明成果的重要组成部分。保护与继承优秀的少数民族文化，有利于维护我国民族文化体系健康持续发展，促进世界优秀文化和谐共融。但随着全球经济一体化进程加快，文化发展呈现出“多元一体”的格局。

随着多元化文化体系的建立和现代科技知识的迅速发展，民族文化的稳定性、完整性和延续性受到冲击和影响，使得民族文化的传承、保护与发展面临现代危机。在我国社会现代化的进程中，随着科学技术和现代传媒手段在少数民族地区的广泛应用，少数民族群众的思想观念得到更新，生活内容更加丰富。但与此同时，大量民俗及少数民族文化的传统载体正加速退出人们的日常生活，失去了其本身所具有的文化意义。民族语言文字、民间故事、民族手工艺、民风习俗等传统文化生存的空间与时间日渐萎缩。更令人担忧的是，随着许多杰出的民间老艺人带着世代积累的珍贵民间艺术渐渐老去，而年轻人又为了追求现代生活，从思想意识深处不想或不愿意接触民族文化。① 这样的结果会导致流传多年的宝贵的少数民族文化面临发展和传承的困境，直接影响年青一代民族认同感、民族归属感以及民族精神的养成。

（二）蒙古英雄史诗活态传承遇到危机

蒙古英雄史诗又被称作活态史诗，它的延续、充实与发展离不开活态传承，其中，民间艺人的口头传唱与记忆推动了史诗的传承与发展。民间艺人是蒙古英雄史诗的创作者、保存者和传播者。他们奔波在广袤的大草原上传唱，一方面延续了英雄史诗的生命力，使它存活在民间并得以保存；另一方面满足了人们的艺术享受，丰富了社会生活。近代学术界有一个共识，即认为一些大型长篇史诗是艺人们集体创作的结果，开始是以口头形式产生的零散的传说和诗篇，在流传过程中被不断充

① 杨明宏，王德清．断裂与链接：少数民族地区学校教育与少数民族传统文化传承之联动共生［J］．民族教育研究，2011，22（4）：13.

实，经过有才华的艺人们整理改编赋予了新的社会内容，从而形成的长篇英雄史诗。艺人们都具有一定的文化素养，了解本民族历史，在发展蒙古英雄史诗、传承演唱技艺上，他们采用师徒间口传心授的方式，还有一些通过家庭教育对子孙口头传授而世代相传。家庭教育和社会教育中“父子相传，师徒相授”的教育传承模式，使得蒙古英雄史诗得以延续和发展。这些教育传承模式在历史上起到了不可替代的作用，具有重要意义。当下，人们生活水平不断提升，文化娱乐方式和内容丰富多样，思想观念随之更新，现有的发展变化对大量民俗文化造成冲击。蒙古英雄史诗的发展亦是如此，一方面蒙古英雄史诗的文化圈不断缩小，其生成发展的环境发生了变化；另一方面在民众生产生活中蒙古英雄史诗的群众基础发生了变化，受众群体主要是中老年人，而年青一代对其认识不够，缺乏学习兴趣，传承问题堪忧。活态传承的条件发生了变化，在此情况下，如何有效地保护和传承蒙古英雄史诗，是一个亟待探讨和解决的问题。

（三）民族文化发展对教育提出新诉求

每个民族都有自己独特的文化，而每一种文化的存在都有其合理性，它曾经使一个民族得以生存和延续，又在世世代代的继承与传播中成为象征一个民族的独特智慧与品质。民族文化传承的主体是人，没有人的传承活动，就谈不上文化的发展。所以，如何从历史见证中解读民族文化的意蕴，挖掘民族文化的内涵，解释民族文化的价值，激活民族文化的载体，使得民族文化得以传承，也是教育义不容辞的一项重要任务。教育的基本功能之一是培养人，传承文化、发展文化的关键所在就是培养人。通过培养解读民族文化的人的活动进行传承，更益于保护和发展民族文化，促使民族文化由过去走向现在，这种传承方式既符合时代要求也具有现实意义。培养人的活动有多种，而教育是培养人的一种经常而广泛的社会实践活动，其最深远的功能是影响文化的发展。“教育受文化的影响至深至久，而文化也需要依靠教育来传播和继承。”[①]民族文化影响着少数民族地区的教育，民族文化需要教育的传承。与民族文化的横向传播不同，民族文化的传承主要是人类共同体内部代际间的纵向传递。之所以说教育是传承民族文化的有效方式，就在于它能够促进民族文化的纵向代际传递。具体而言，教育在选择民族文化时，受时代变迁、社会发展需要、受教育者发展水平以及文化传统等因素的影响，民族文化并不是在被教育简单地复制，而是借“吸收”“加工改造”和“排斥”等方式，促进着民族文化的选择与传承；在通过教育方式传承民族文化的过程中，教育者通过民族语言、民族习惯、习俗仪式等方式将民族文化的价值观念和思想规范有意或无意地传递给受教育者，使其掌握民族文化精神，而受教育者在社会化的进程中将民族文化中的语言、知识、情感、经验等围绕价值观有机结合起来，形成相应的心理结构。从价值观形成和心理结构塑造的角度，教育达到了对民族文化的有效传承与发展。在教育发展民族文化的过程中，“教育对民族文化的传承所要经历的发展过程有口耳相传、文字与学校、信息科技与社会载体等阶段，这样可使民族文化逐渐积淀和凝聚，从而形成民族文化传统”[②]。可以说，教育通过教育者对文化知识的传递和受教育者对文化知识的承接促进着民族文化的积淀、传承与发展。

---

① 顾明远．中国教育的文化基础［M］．太原：山西教育出版社，2004：35.

② 冯曾俊．教育人类学教程［M］．北京：人民教育出版社，2005：210.

（四）“互联网+”改变传统传承方式

“互联网+”时代的到来，大数据的广泛应用，正在改变人们的生活及理解世界的思维方式，一旦思维转变，数据就能被巧妙地用来激发新产品和新服务，成为人们获得新认知、创造新价值的重要源泉。从追求物质资源的极大丰富到运用信息技术和互联网的多样性服务，大数据带来了区别于物质资源的价值发现、价值转换以及文化精神方面的崭新面貌。[①]“互联网+”模式以及大数据运用，为民族文化的传承带来了新视角和新方向，同时也为民族文化的发展带来一些影响。就教育传承方式而言，家庭教育、学校教育和社会教育在民族文化的教育传承上承担着不同的责任与义务。其中，学校教育是主力军，家庭教育和社会教育是辅助。作为传承民族文化主力军的学校教育，通过有目的、有系统、有组织的教育活动，承担着传承、发展和延续民族文化的任务，但随着时代的发展、文化知识的不断更新，学校教育在传承少数民族文化方面表现出越来越多的局限性，如统一的课程标准、固定的教学模式，重现代知识的讲授轻少数民族文化的传授，忽视学生民族文化素养的形成。受锢于学校教育在教学内容、时间、场所等方面的影响，少数民族文化的教育愈加边缘化，传承效果并不显著。面对现有学校教育传承问题，现今的教育与文化资源形式单一，存在“信息孤岛”现象，应当建设一个全面、便捷的文化大数据服务平台，将书、报、刊等出版物，影视广播节目，图书馆馆藏，博物馆馆藏等资料整合起来，学生可以直接与

① 李德毅，郑思仪．大数据时代的创新思维［J］．北京联合大学学报，2014，28（4）：1.

广博深厚的少数民族文化知识发生联系，自主搜索、整理、分析、研究问题，从而大大提升自主学习效率，改变课程实施过于强调被动接受学习的现状，培养出搜集和处理信息的能力、获取新知识的能力、分析和解决问题的能力。搭建“互联网+”模式与应用文化大数据服务平台，有助于满足教育改革对教育资源的全新需求，有助于构建文化与教育传承间的桥梁。文化大数据的资源整合与共享，创建新型数据库，开发数字图书馆、博物馆，运用在线的智能化的学习平台等媒介可为少数民族文化的教育传承方式多样化发展与创新提供支持。

三、系统构建蒙古英雄史诗教育传承与数字化保护机制

（一）研究回望

近些年，国内外关于蒙古英雄史诗的相关研究呈多样化态势发展，涌现出很多国际知名学者以及有影响力的研究成果。查阅相关资料、书籍、数据库，总结现有研究成果，分析研究内容，探索研究动态，都为研究的开展确定了方向，提供了思路，奠定了基础。从蒙古英雄史诗的学术关注度来看，蒙古英雄史诗的研究量并未呈现逐年上升趋势，研究关注度较低，年发文量较少。

1. 国内学者的相关研究

（1）史料的搜集、整理和出版

新中国成立后，由于当时人力、物力、财力有限，该时期出版的史诗文本都已经过整理和修改，作为文学读物出版发行，因此，在出版物中有许多整理者和编辑的话。文艺工作者甘珠尔扎布为英雄史诗的记录

出版做出了突出贡献，他记录的《三岁的古纳罕乌兰巴托尔》《汗特古斯的儿子喜热图莫尔根汗》《扎嘎尔布尔图汗》等被收录在民间文学集《英雄古那干》中，因其出版较早，这些作品对国内外史诗的研究产生了重大影响。道荣尕先生编辑出版的英雄史诗也较多，如《阿拉坦舒胡尔图汗》《阿吉格特努格巴托尔》《阿拉坦嘎鲁巴胡》《巴彦宝力德老人的三个儿子》等，这些都为蒙古英雄史诗的研究奠定了史料基础。还有仁钦道尔吉教授，他对蒙古英雄史诗的研究进行了深入且全方位的田野调查，从1978年至今，先后发表蒙语和汉语论文百余篇，用英文、德文、俄文发表的论文三四十篇，出版的著作有《蒙古族民间故事》《蒙古民歌一千首》《古老的英雄史诗》《江格尔》等多部，尤其是他主编的《蒙古英雄史诗大系》（四卷），为蒙古英雄史诗资料的建设及相关研究提供了理论依据与指导。除此之外，还有巴·布林贝赫教授，他撰写的专著《蒙古英雄史诗的诗学》从诗歌美学的角度探讨了英雄史诗的特征、人物、骏马、人与自然的关系、史诗的发展与诗歌特征等问题，是一部具有较高学术价值的著作。当然，还有许多高校和科研院所从事蒙古英雄史诗研究的工作者，他们在挖掘和整理蒙古英雄史诗上同样做出了重大贡献，都为蒙古英雄史诗的保护和研究奠定了坚实的理论基础。

（2）英雄史诗母题结构研究

母题是最小的叙事单元，也是保持史诗活态性的依据，探讨母题结构是学者们研究的重点，不同类型的史诗，母题结构不同。郎樱教授在《史诗的母题研究》中介绍了英雄史诗母题具有重复出现、程式化、文化内涵丰富、有象征意义的特点，以及母题的分类，将其大致划分为英雄身世、英雄对手、神奇动植物等类别。同时他还强调“史诗拥有大量文化内涵丰富的古老母题，研究母题的目的在于揭示母题的深层文化内涵。古代人类的观念、逻辑、信仰、习俗等，随着岁月的流逝，大部分都已消失，但史诗母题中所反映的内容却可以完整地保存，因此史诗古老母题堪称‘活化石’，它们是弥足珍贵的史料”[①]。仁钦道尔吉教授也谈道：“母题是英雄史诗中最小的情节单位。从母题系列，一个比母题大的一种情节单位，将蒙古英雄史诗分为两大类，即以婚姻为内容的母题系列和以征战为内容的母题系列，这两种史诗母题系列可以作为分析和划分史诗情节结构类型的单位。”[②] 除上述从母题的基本元素方面进行研究外，还有以具体史诗情节的母题作为研究对象展开讨论。如赵文工教授在《蒙古英雄史诗〈罕哈冉惠传〉中母题研究举隅》一文中[③]，以《罕哈冉惠传》为切入点，对蒙古英雄史诗中的叙事母题的文化内涵进行了研究。关金花博士以蒙古英雄史诗中的结安答母题为研究对象写了论文《蒙古族英雄史诗的结安答母题研究》[④]，文中系统地梳理了结安答母题从简单到复杂、从单元母题到母题系列再到结安答独立主题的过程，并进一步分析了蒙古英雄史诗结安答母题所具有的文化含义与象征意义。还有的学者以“战马”母题为研究对象，具有一定的针对性。如斯钦巴图的《蒙古英雄史诗抢马母题的产生与发展》一文说明了“马”作为母题会经常出现在中小型史诗中，并认为：“这一母

---

① 郎樱．史诗的母题研究［J］．民族文学研究，1999（4）：13.

② 仁钦道尔吉．蒙古英雄史诗情节结构的发展［J］．民族文学研究，1989（5）：11.

③ 赵文工．蒙古英雄史诗《罕哈冉惠传》中母题研究举隅［J］．中央民族大学学报（哲学社会科学版），2009，36（4）：62.

④ 关金花．蒙古族英雄史诗的结安答母题研究［D］．呼和浩特：内蒙古大学，2009.

题在蒙古叙事文学中是一个传统的重要母题，它是氏族部落间经济掠夺的反映，是经济军事双重性掠夺的反映，史诗中的英雄与战马是两种超自然力量的复合体。”①

（3）史诗间的比较研究

有研究者从比较视域对史诗间的共性与个性进行探讨。郎樱教授对我国《江格尔》《玛纳斯》《格萨尔》三大英雄史诗进行了比较研究，这三部史诗分属于不同民族，流传在不同地域之间，既有共性也各具特性。她强调：“与西方英雄史诗相比较，我国三大英雄史诗在史诗特点、传承方式和叙事方式上都与西方英雄史诗迥然不同，我国三大史诗均具有活态性，是民众以口头形式流传下来且还在不断发展与变化过程中，这是区别西方史诗的最显著特点。”而在三大史诗之间的共性与异同上，“三大史诗都有征战场景，都有一个鲜明的英雄形象，均气势磅礴，规模宏大。但在美学特征、人物形象塑造、演唱方式、叙事结构与发展结构上还是具有明显的异同点”②。熊黎明教授从英雄史诗的叙事结构上对我国三大史诗进行了比较，在她的研究中谈道：“藏族史诗《格萨尔》与印度史诗《罗摩衍那》的叙事结构相似，呈圆形结构，其他两部史诗，《玛纳斯》呈半圆形结构，《江格尔》呈串珠形结构。”③除此之外，还有学者从我国其他少数民族的史诗与蒙古英雄史诗对比的角度进行研究，如乌日古木勒研究员在其《哈萨克英雄史诗〈阿勒帕

---

① 斯钦巴图．蒙古英雄史诗抢马母题的产生与发展［J］．民族文学研究，1996（3）：12.

② 郎樱．我国三大英雄史诗比较研究［J］．西域研究，1994（3）：6.

③ 熊黎明．中国少数民族三大英雄史诗叙事结构比较［J］．云南民族大学学报（哲学社会科学版），2005（2）：141.

梅斯〉与蒙古英雄史诗的比较研究》中，将具有共同游牧经济生活、共同宗教背景的两个民族的英雄史诗进行了比较，发现："将《阿勒帕梅斯》和蒙古史诗的情节母题做详细的比较研究，在一定程度上能够证明英雄史诗《阿勒帕梅斯》和蒙古英雄史诗的形成、发展规律和结构类型的基本相似性，从而进一步解释突厥英雄史诗和蒙古英雄史诗传统的相似性。"① 在现有研究中，除了将蒙古英雄史诗作为整体概念与其他民族的英雄史诗间的比较以及三大史诗间的比较研究外，研究较多的是具体到《江格尔》与东西方史诗的比较上，具体将在以下详述。

（4）长篇史诗《江格尔》的研究

《江格尔》是在中国、蒙古国和俄罗斯等国家境内的各蒙古民族民众中以口头形式传播与传承的长篇英雄史诗，而且至今仍在普遍流传。我国搜集和整理出版《江格尔》是在新中国成立后。上海商务印书馆于1950年出版了边垣编写的《洪古尔》一书，这也是我国各民族读者第一次研读《江格尔》长篇英雄史诗中的个别故事，对进一步了解《江格尔》具有重要价值。

从《江格尔》不同版本及史诗间的比较角度来讲，《江格尔》版本处于不断发展与变化的过程中，它以口头传承为主，但也有各种不同的手抄本。有学者认为，随着时间、地点和演唱艺人的不同，有些组成部分易发生变化，但主要因素相对稳定，如英雄的名字、国名、主题等，主要因素的稳定才能使《江格尔》存活下去。② 从史诗间比较的研究角

① 乌日古木勒．哈萨克英雄史诗《阿勒帕梅斯》与蒙古英雄史诗的比较研究［J］．中央民族大学学报（哲学社会科学版），2004（2）：134.

② 仁钦道尔吉．蒙古英雄史诗发展史［M］．北京：中国社会科学出版社，2013：270.

度来讲，涉及国内外、不同民族间史诗的共同特性、人物形象、征战场景等内容的比较。仁钦道尔吉教授在《略论〈玛纳斯〉与〈江格尔〉的共性》一文中指出："二者经历了相似的形成与发展过程；具有相似的结构和题材，都是以正面英雄人物为中心的征战史诗。"① 王卫华博士在其研究中分别与《荷马史诗》《玛纳斯》中的人物形象进行了比较，认为"不同史诗间的英雄人物具有相似的塑造模式及人生理想，通过比较不同史诗间的英雄人物有助于思考东西方不同民族间社会观念、文化信仰等方面的共性和差异，从而加深对不同文化的理解"②。还有王纯菲从比较的视角对《江格尔》与《伊利亚特》展开了研究，在研究中从叙事的角度对两部史诗进行解读，具体从引发、组织、进展和叙述等方面展示了史诗间的不同，由此进一步分析了东西方文化的差异，引发了对东西方不同价值观念和文化精神的思考。

从《江格尔》文化内涵的研究角度来讲，涉及文化观、历史观、价值观等内容。葛良高娃的《论蒙古族英雄史诗〈江格尔〉的文化内涵》一文分别从精神层面和制度层面对《江格尔》的文化内涵进行了探讨，文中谈道："史诗中崇拜什么样的英雄，就意味着具有什么样的生长形式，那么代表社会生长形式的英雄也就成了该社会公认的价值观念代表者，是社会和文化中典型的伦理行为表现者。《江格尔》中的英雄人物具有开拓理想主义的英雄精神，代表着史诗创作者及欣赏者的价

---

① 仁钦道尔吉．略论《玛纳斯》与《江格尔》的共性［J］．民族文学研究，1995（1）：3.

② 王卫华．蒙古族史诗《江格尔》与古希腊《荷马史诗》英雄形象比较：以江格尔与阿基琉斯为例［J］．黑龙江民族丛刊，2007（3）：180.

值观念，同时他们所表现出来的典范式的伦理行为使得史诗更具有指导意义。”① 红戈从生命美学思想观的视角探讨了《江格尔》所反映的丰富内容，在其文中强调：“《江格尔》是以生命美学观点的艺术和生活内容传承了蒙古民族人民对人类生存的讴歌，从审美的角度再现了人类生命的存在。对人类生命的赞扬构成《江格尔》的美学思想，对英雄的歌颂、民族精神境界的提升构成了《江格尔》的美学基调，对满足人类生命的自然创造构建了《江格尔》中理想境界的美好实践。”②

从《江格尔》母题、英雄人物的研究角度来讲，《江格尔》中的主人公，重点塑造的英雄人物——洪古尔，他是研究者们的主要研究对象，研究者们通过对人物的分析来了解史诗结构、思想情感、民族理想等内容。王素敏教授从洪古尔出生、成长、战争场景等方面分析了人物形象及其蕴含的意义，同时也指出史诗中对人物形象描述的矛盾内容，究其原因，他认为“史诗在长期口头流传过程中，受传唱者加工改造的影响而导致的不同，但这并不能否定洪古尔的艺术形象，他依旧是各类蒙古英雄史诗中最杰出的英雄典型”③。史诗中的母题是研究的重点，母题的传承是保持史诗活态特点的重要依据，不同的故事内容具有不同的母题结构，有的研究者探讨母题的缘由，有的研究者探讨具体故事母题。如在呼斯勒的研究中重点探讨勇士幻化成蜘蛛的母题，他认为：“这类题材普遍存在于蒙古英雄史诗中，这对人物的塑造、情节的丰富

① 葛良高娃，乌云巴图．论蒙古族英雄史诗《江格尔》的文化内涵［J］．内蒙古社会科学（文史哲版），1995（4）：71.

② 红戈．《江格尔》生命美学思想探微［J］．西域研究，2002（1）：78.

③ 王素敏．论史诗《江格尔》中洪古尔形象的塑造［J］．内蒙古社会科学（汉文版），1999（6）：62.

等方面起到了积极作用，也说明蒙古民族对超自然力量的崇尚，增强了史诗的趣味性和艺术性。《江格尔》中出现勇士幻化成蜘蛛的母题与蒙古民族民间流传的观念有关，以一定的宗教观念为基础，有特殊的文化内涵。"① 除此而外，征战型母题是普遍研究的重点，如张越研究员在其《〈江格尔〉征战母题面面观》② 中，对《江格尔》中的征战母题做了全面分析，通过对战争起因、目的、交战规则、武器使用、英雄的荣辱观等方面的分析多角度揭示了史诗中部落战争的原始面貌。

（5）变化史诗蟒古思和本子故事（乌力格尔）的研究

首先，关于蟒古思故事的研究。从早期整理、搜集、研究至今，研究成果并不多。20 世纪 50 年代主要集中在挖掘和整理蟒古思故事上，如道荣尕所记录的两部蟒古思故事，并将其中一篇《英雄道喜巴拉图》发表。1962 年，波·特古斯记录了四部蟒古思故事，并于 1979 年整理出版了《阿斯尔查干海青》一书。巴德玛记录、整理并发表了《阿斯尔查干海青巴图尔》这一蟒古思故事。到了 20 世纪后期，学者们将视角转向蟒古思故事的界定、内涵、内容情节的研究上，如波·特古斯的《试论蟒古思故事》和尼玛先生的《关于东蒙古的蟒古思故事》。近些年，我国学者对蟒古思故事进行了较为深入和详细的研究，如陈岗龙教授在其著作《蟒古思故事论》中较为系统地说明了蟒古思故事的历史演变发展过程，介绍了说唱艺人的表演文本，比较了蟒古思故事和本子故事的异同，分析了蟒古思故事的主题结构及其影响。该著作是关于蟒

① 呼斯勒．史诗《江格尔》中勇士幻化蜘蛛母题［J］．内蒙古大学学报（人文社会科学版），2000（5）：20.

② 张越．《江格尔》征战母题面面观［J］．西部蒙古论坛，2010（3）：46.

古思故事较为全面系统的研究成果。

其次，关于本子故事（乌力格尔）的研究。相对于蟒古思故事的研究，乌力格尔的研究更多，研究视点更广，主要集中在以下几方面。

第一，从历史与发展的角度对乌力格尔展开的研究。如吴·新巴雅尔的《关于胡仁·乌力格尔的起源问题》、齐木德道尔吉的《浅谈蒙古族说唱艺术的产生和发展》、斯琴青格勒的《关于胡仁·乌力格尔的发展》等文章，这些文章详细介绍了乌力格尔的产生与发展，其中，吴·新巴雅尔在文中深刻地阐述了胡仁·乌力格尔的起源问题，他认为胡仁·乌力格尔是汉族章回小说译入蒙古民族地区之后，即在清后期产生。贺喜格芒来在其《蒙古族说唱艺术的形成与发展概况》（1997 年）中指出乌力格尔的产生及种类，重点介绍了在长期发展过程中所形成的流派，他认为历史上曾有过以扎那为代表的胡尔奇和以绰邦为代表的唐海胡尔奇两大流派，但经过分化和重新组合，形成了后来人们所了解的以琶杰为代表的继承型流派、以额尔吉如合为代表的变异型流派、以布仁巴雅尔为代表的脱巢型流派和以李双喜为代表的开拓型流派等几大流派。还有一些关于乌力格尔起源研究的论文，如秦塔娜与特·塔日巴合写的《关于旧胡仁·乌力格尔的起源》（1999 年）、朝克图的《关于胡仁·乌力格尔的起源》（2000 年）、包金刚的《胡仁·乌力格尔的起源》（2000 年）等，学者们都从不同的角度对这一文化瑰宝进行了阐述，认为胡仁·乌力格尔产生时必须具备胡琴、胡尔奇、乌力格尔三个要素，并根据历史事实，一致认为乌力格尔产生时间可追溯到 18 世纪中期。朝克图的博士论文《“胡仁·乌力格尔”研究》（2002 年），在前人研究的基础上，从乌力格尔的起源与发展，胡仁·乌力格尔与蟒古思故事、好来宝之间的关系，胡尔奇与胡尔奇学派等相关方面进行论述，该论文较为全面地研究了乌力格尔，对胡尔奇风格流派以及它的社会作用做了分析和阐述，并首次较系统地将“胡仁·乌力格尔”与“本子故事”“蟒古思故事”“好来宝”“蒙古族民俗”等联系起来进行系统的探讨。[①] 该论文资料翔实，针对性强，内容全面且系统，是对前人研究的突破，也为后人研究提供了参考与借鉴。谢秀云在《胡仁·乌力格尔在科尔沁地区发展的原因》（2008 年）一文中，具体研究了科尔沁地区的胡仁·乌力格尔。文中从胡仁·乌力格尔产生的历史背景、蒙古史诗和萨满教对它的影响几方面进行了分析，认为“胡仁·乌力格尔的产生不仅取决于自身的特点，更重要的是与蒙古族百姓的生活环境、文化底蕴有关。关于胡仁·乌力格尔产生的时间，该研究者认同有关专家的观点，即在 17—18 世纪受汉文化的影响胡仁·乌力格尔产生，到了 19 世纪胡仁·乌力格尔不断发展壮大，其文化中心有所迁移，科尔沁成了胡仁·乌力格尔发展的中心”[②]。除此文之外，针对科尔沁地区乌力格尔发展的研究，还有孟浩的《蒙古族说唱艺术——乌力格尔在科尔沁右翼中旗发展渊源探析》（2008 年），文中从乌力格尔的历史现状、地域发展原因等方面做了思考；华艳玲的硕士学位论文《内蒙古扎鲁特旗乌力格尔发展与演变》（2011 年）对乌力格尔产生的背景、艺术流派、曲折发展、改革演变、现代创新等不同时代背景下的乌力格

① 朝克图．胡仁·乌力格尔研究［M］．北京：民族出版社，2002. 转引自全福．“胡仁乌力格尔”研究述评［J］．内蒙古大学学报（哲学社会科学版），2013（4）：35.

② 谢秀云．胡仁·乌力格尔在科尔沁地区发展的原因［J］．赤峰学院学报（汉文哲学社会科学版），2008（9）：59-61.

尔发展要求与社会功能进行了研究。好比斯嘎拉图的博士学位论文《胡仁·乌力格尔生成研究》（2013 年），从蒙古民族文化和汉族文化二者的对比关系角度研究探讨胡仁·乌力格尔的生成问题。作者运用历史比较法、文化人类学中的文化变迁论、目录学等学科的方法，从多角度、多层面论证了胡仁·乌力格尔生成与发展的社会背景、与汉族文化的关系、胡仁·乌力格尔套语的形成等，内容层层递进，从宏观到微观比较了胡仁·乌力格尔的生成特点，解释了胡仁·乌力格尔的生成不仅立足于本民族文化，更多的是吸收外来文化尤其是汉族文化的一些特点；让蒙古民族群众在听乌力格尔时不仅要了解故事的情节内容，更多的是认识汉族的历史、文化。

第二，从文学与艺术的角度对乌力格尔展开的研究。讨论的视角主要集中在说唱文本内容、说唱曲调、曲谱、胡尔奇等方面。如巴·苏和与吉日嘎拉共同完成的《科尔沁的现当代胡尔齐》（1991 年），文中总结了科尔沁地区培养胡尔奇的三种方法即家传、拜师、自学。他们具有的共同特点是记忆力超群又擅长多种唱法、每位胡尔奇风格不同专长不同、说唱的故事本子内容以汉族历史为主；劳斯尔的《独具风格的扎那胡尔齐》（1995 年）具体介绍了扎那胡尔奇的说唱风格和说唱特色；扎丰嘎的《胡尔齐琶杰的思想意识》（1998 年）主要以 1945 年为时间分界点，分割为时间点前后两个部分来介绍琶杰胡尔奇的思想意识，不同时期不同的环境背景，琶杰胡尔奇的思想意识不同，反映在作品中的内容也不同；劳斯尔的《拉胡琴与说唱好来宝之方法》（1991 年）主要介绍说唱方法，为学唱乌力格尔的人们提供学习资料；宝路德的《关于胡仁·乌力格尔的特点》（1991 年）论述了说唱乌力格尔的语言要求及特点，要形象、准确、真实、批判、哲理和音乐性等；特·塔日巴的《探究成功说唱新胡仁·乌力格尔的艺术技巧》（2000年）主要阐述了胡尔奇应具备的先天条件、表达能力以及对胡尔奇说唱过程的要求，即说唱乌力格尔要有力度又生动形象，抽象说唱结合具体描绘，音乐节奏和说唱内容要协调，创造自身独特的唱词和曲调，提升语言灵活表达能力，拓宽视野不断补充新内容等。除上述文章外，还有一些相关书籍的出版，如1990年由原哲里木盟（现通辽市）文学艺术研究所出版的《乌力格尔曲调300首》、辽沈书社出版的参布拉诺日布和王欣编著的《蒙古族说唱艺人小传》、内蒙古教育出版社出版的门德巴雅尔编写的《蒙古族民间说唱音乐套曲选》等。1993年由民族出版社出版的巴·苏和、呼日勒沙、宝音陶克陶共同编著的《科尔沁文学概论》，书中简要介绍了科尔沁乌力格尔艺术和胡尔奇现状；1997年由中国出版中心出版的《中国曲艺音乐集成·内蒙古卷》中编写了不少乌力格尔的曲调与熟语；1999年内蒙古人民出版社出版的乌兰夫先生的《蒙古族音乐史》简要介绍了乌力格尔的起源发展、音乐曲调及胡尔奇艺人等内容；2000年辽宁民族出版社出版的李青松著的《胡尔奇说书》是一本详细记录蒙古族胡尔奇和胡仁·乌力格尔的重要资料。相关的博士论文有何红艳的《科尔沁蒙古族说唱文学研究》（2004年），文中以历时态的方法，回顾蒙古民族说唱文学的多元性，探讨经济发展与说唱文学体裁的关系，具体分析了构成科尔沁蒙古民族说唱文学的三个层面：一是表演层面，通过蒙古民族说唱文学的语言特征、音乐特征及表演特征的研究，概括蒙古民族说唱文学的地域特点和艺人流派的成因；二是民俗层面，通过民俗、艺人和观众间的关系，讨论民俗活动对蒙古民族说唱文学的重要作用；三是心理层面，主要分析民族精神和审美在说唱文学中的表现。文中提到乌力格尔是蒙古民族说唱文学的精髓，深入研究乌力格尔对准确概括科尔沁蒙古民族说唱文学具有重要意义，也为进一步研究少数民族民间文学提供了参考。博特乐图教授在2007年用蒙文撰写了他的博士学位论文《胡尔奇：科尔沁地方传统中的说唱艺人及其音乐》[①]，在文中详细介绍了胡尔奇说唱艺术产生的语境，胡尔奇的表演方式、说唱方式与民族民众观念以及胡尔奇的表演创作、风格流派等内容，其中对胡仁·乌力格尔音乐的精华之处进行了深入研究，对福宝林、包玉林、特·达日巴等人的音乐和曲谱做了分析。这篇文章具有学理性价值和方法论意义。李彩花的博士学位论文《胡仁·乌力格尔〈封神演义〉文本与汉文原著〈封神演义〉比较研究》（2012年），选用20世纪80年代西日布胡尔奇在原哲里木盟（现通辽市）广播电台录制的胡仁·乌力格尔《封神演义》的口传版本与汉文原著出版的《封神演义》文本进行比较。西日布胡尔奇说唱的胡仁·乌力格尔《封神演义》是目前留有录音资料中唯一一部完整的《封神演义》口头文本。作者将两种文本的《封神演义》作为研究对象，在内蒙古民族地区收集大量一手资料，以前人研究为基础，借助影响研究和口头程式理论，多层次、多角度地进行比较研究，探究不同时代背景、不同语种、不同体裁的文本，挖掘胡尔奇创作中的文化内涵，揭示胡尔奇在书面文学转化为口头文学过程中的作用。文中还进一步探讨了蒙古民族群众在

① 博特乐图．胡尔奇：科尔沁地方传统中的说唱艺人及其音乐［M］．上海：上海音乐学院出版社，2007. 转引自全福．“胡仁乌力格尔”研究述评［J］．内蒙古大学学报（哲学社会科学版），2013（4）：35.

接受其他民族文学影响时的重构精神及深厚的蒙古民族文化底蕴。

第三，从保护与传承的角度对乌力格尔展开的研究。2006 年乌力格尔被申请为国家级非物质文化遗产，人们开始关注这一非物质文化遗产的现存状况，意识到保护它的紧迫性，学者们也纷纷探讨如何保护它，但保护只是一方面，更重要的是如何使这一蒙汉文化融合的典范得以传承，这才是保护它的根本所在。在现有研究中，胡灵燕的硕士学位论文《扎鲁特旗乌力格尔的传承与保护》（2009 年），把内蒙古自治区扎鲁特旗作为田野考察点，结合文献法、口述史法、问卷调查法，具体分析了扎鲁特旗乌力格尔说唱传统、扎鲁特旗乌力格尔的传承机制与传承方式、扎鲁特旗当代乌力格尔传承人概况、当代语境下扎鲁特旗乌力格尔的传承与保护等部分，详细说明了乌力格尔在发展过程中所面临的问题以及未来该如何保护与传承。作者把扎鲁特旗乌力格尔的传承机制分为口耳传承机制、行为传承机制、本子传承机制这三种机制来研究，进一步说明了乌力格尔的传承方式，即师徒传承、家族传承和自然习得，其中师徒传承是最主要的方式。面对当下的社会文化环境，作者从掌握乌力格尔说唱传统的传承规律、创新传承方式、积极引导、结合现代生活等方面提出了有价值的建议。还有吴桐在其毕业论文中对科尔沁地区的乌力格尔艺术进行了详细研究，文中选取的调研地点为内蒙古兴安盟科尔沁右翼中旗，该地区是蒙古民族重要的聚居地，亦是乌力格尔之乡，结合运用田野调查法、口述史方法和问卷调查法，从民族文化艺术的生存、发展、保护与传承的角度入手，对乌力格尔进行研究，多方面深入挖掘其艺术价值。作者梳理了该地区的乌力格尔说唱传统，归纳了当地乌力格尔的表演形式和表演技法，分析了当下乌力格尔传承和发展中存在的问题，提出了传承乌力格尔文化艺术的建议。在保护、传承和发展乌力格尔艺术方面，作者认为“我们应该有一个共同的目标和历史责任，应树立研究、交流，甚至竞争的意识，不能狭隘地把乌力格尔作为某一地区的一种文化遗产对待，要把它放在中华民族文化这一广义概念中去把握”①。唐刚在《关于挖掘传承科尔沁文化的若干思考》（2012 年）中，探讨了内蒙古通辽地区挖掘和整理科尔沁文化的地域优势，分析了科尔沁文化厚重的历史脉络，并结合该地区民族大学图书馆特色馆藏建设的实际情况，提出了运用图书馆设施和资源传承科尔沁文化的若干措施。作者认为传承科尔沁文化，首先要做好民族文献的收集和整理，这是一项系统工程，文献的收集有助于文化遗产的保存，对学术研究具有重要价值，可推动当地的文化建设，为政府科学决策提供理论参考；其次在文献收集的基础上建立特色资源馆藏，促进图书馆、博物馆等事业的发展，打造传承科尔沁文化的最好平台。

2. 国外学者的相关研究

（1）关于传统蒙古英雄史诗的研究

19 世纪末 20 世纪初，俄罗斯和欧洲学者最早谈到蒙古史诗的一些问题。1918 年发表的《布里亚特民间文学作品集》一书的序言中谈到了关于蒙古英雄史诗的笔记。20 世纪二三十年代苏联出现许多研究蒙古英雄史诗的学者。其中《蒙古卫拉特英雄史诗》被评为迄今学者们经常引用的重要著作。在这部著作中含有史诗艺人演唱的多部史诗的俄译文、长篇序言，不仅谈到了蒙古史诗产生的时代、分布、存在形态、

① 吴桐．科尔沁右翼中旗乌力格尔的保护与传承研究［D］．北京：中央民族大学，2011.

演唱状况、史诗内容、反映的社会生活，还着重论述了《江格尔》，以及分析了卫拉特氏族联盟、史诗时代和史诗思维、专门演唱史诗的艺人、寺庙在史诗中的作用等众多有价值的问题。同时指出，蒙古人中存在过的史诗思想、主题到12世纪末13世纪初得到了发展，并形成固定形式，产生了较长的叙事诗和神话传说，甚至出现了较大型史诗。1937年出版的《喀尔喀蒙古英雄史诗》，详细介绍了古代蒙古书面叙事作品、蒙古封建战争时代、现代喀尔喀蒙古英雄史诗的起源、喀尔喀蒙古史诗与其他蒙古史诗的关系、喀尔喀蒙古史诗的人物和结构、喀尔喀蒙古史诗的陪衬人物、喀尔喀蒙古英雄史诗的共性和喀尔喀蒙古英雄史诗的作品形式。20世纪70年代，相关文章如《对蒙古史诗母题的研究》《蒙古史诗中的天鹅姑娘》等探讨了母题在史诗中的存在及发展脉络。桑杰耶夫主要对不同版本史诗手抄本进行了研究，他发现了著名英雄史诗《汗哈冉贵》的多种手抄本，在1937年出版了布里亚特阿金地区的手抄本《汗哈冉贵传》，在1960年又发表了在图瓦共和国首都克兹尔发现的另一种手抄本。

从20世纪40年代起，蒙古国出版了大量史诗文本，最早发表的有著名的英雄史诗《仁亲莫尔根》《宝玛额尔德尼》等。1960年在蒙古首都乌兰巴托创办了《民间文学研究》丛刊，该刊先后发表多篇史诗文本，在开篇第一卷就发表了《蒙古民间英雄史诗》，除介绍收录的史诗外，还系统地论述了蒙古英雄史诗的搜集、整理与研究，以及史诗的起源、人物、演唱艺人等。蒙古科学院语言文学研究所是蒙古国的民间文学和英雄史诗的搜集研究中心，研究人员致力于史诗研究，其中出版的《喀尔喀民间史诗》收录了八部小型史诗，而记录的史诗《珠拉阿拉达尔汗》还在德国出版，还有大型本子故事《钟国母》《呼尔勒巴托尔胡》。

20世纪后期，德国著名学者瓦尔特·海西希教授在研究蒙古英雄史诗方面贡献巨大。他主编的《中央亚细亚研究》和《亚细亚研究》成了发表蒙古英雄史诗文本及相关研究的主要刊物。蒙古英雄史诗的德译本比其他任何译本都多，其中的功劳非海西希教授莫属。他撰写了《蒙古英雄史诗叙事资料》两大卷，以母题索引形式详细介绍了54部蒙古英雄史诗，强调指出制作蒙古英雄史诗母题结果类型表的目的是要了解每部史诗的结构，也要研究每部史诗的表达方式以及各自不同的主题。

近年来，日本学者在研究蒙古史诗方面也有突出成果。如藤井麻湖著有《传承的丧失与结果分析方法：蒙古英雄叙事诗被隐藏的主人公》和《蒙古英雄叙事诗结构研究》。在其著作中对已有的蒙古史诗研究理论和方法进行了科学批判，并从叙事结构理论视角出发，提出了自己的研究视角和理论方法。另外，藤井麻湖发表在日本《国立民族学博物馆研究报告》上的一篇文章，还探讨了《江格尔》中“12勇士”的隐喻意义。①

（2）关于蒙古英雄史诗变化后的研究

苏联及俄罗斯学者对蟒古思故事、本子故事（乌力格尔）进行了广泛而深入的研究，如李福清教授和涅克留多夫等人共同完成的对蟒古思故事艺人的采录工作。从1974年到1976年的几年间，他们采访记录

① 藤井麻湖．英雄叙事诗《江格尔》中的“12勇士”：蒙古英雄叙事诗数次解释［J］．国立民族学博物馆研究报告，2003，27（3）：483.

了四部蟒古思故事，分别是《格斯尔镇压噶尔丹蟒古思》《吉拉帮·沙日的出世》《格斯尔和吉拉帮·沙日之战》《茹格木高娃之悲泣》，并由涅克留多夫和图穆尔策伦转译成方言音标，附有俄语译文，于1982年在莫斯科公开出版发行。[①] 李福清在其发表的《本子·乌力格尔演唱者生平研究》[②] 一文中，对多位胡尔奇进行了比较研究，文中对却音霍尔这位胡尔奇给予了高度评价。涅克留多夫在《东蒙叙事传统中的格萨尔故事》等论文中也探讨了有关胡仁·乌力格尔方面的一些问题。他说道："胡仁·乌力格尔是在近代产生的一种民间文学体裁，它基于蒙古叙事传统和汉族历史小说的故事情节及蒙译本和中国多种口头故事等，此体裁是近代史诗的历史形式。"[③]

蒙古国学者对蟒古思故事、本子故事（乌力格尔）也展开了研究，如蒙古国神话学家杜拉姆，在1976年记录了老艺人琼拉讲述的长篇故事《嘎拉巴的故事》，并将其转译，后附英译和注释，于1983年公开出版发行。[④] 1929年蒙古国学者波·仁钦记录了民间艺人罗布桑说唱的《白帝莫日根汗征服西洲记》，并对此做了相关研究，于1961年在德国《亚洲研究》丛刊的第七卷发表了对该故事的研究，在原有故事基础上还添加了169种他所整理的各种故事序曲的曲调。1959年，在蒙古国首都乌兰巴托召开的首届国际蒙古学大会上，波·仁钦做了题为《蒙

---

① 陈岗龙．蟒古思故事论［M］．北京：北京师范大学出版社，2003：2.

② （苏）李福清．本子·乌力格尔演唱者生平研究［J］．民族文学研究，1989（3）：89.

③ （俄）涅克留多夫．蒙古民间史诗与民间口头创作之间的关系［J］．民族文学译丛，1983（1）：337.

④ 陈岗龙．蟒古思故事论［M］．北京：北京师范大学出版社，2003：2.

古族民间文学中的本子故事（胡仁·乌力格尔）》[①] 的学术报告，在报告上他不仅谈到了说唱故事的特点、音乐曲调，还论述了民间口译形式的书面文学在蒙古国蒙古民族群众中的广泛流传现象。这一报告在当时的学者中引起强烈反响，胡仁·乌力格尔这一民间艺术形式开始得到各国学者的广泛关注，从而促进了乌力格尔的研究。策·达木丁苏荣于1943 年撰写了多部乌力格尔民间艺人的传记，如《人民的乌力格尔齐（讲故事者）、胡尔奇、致颂词者》《罗布桑胡尔齐》等，在其《蒙古古代文学一百篇》中编入了琶杰胡尔奇的说唱故事。他提道："本子故事（乌力格尔）在形式上与《蒙古秘史》相似，韵散相间，有诗歌形式也有叙述形式。乌力格尔胡尔奇在蒙古民族民间起着替代戏剧、音乐、艺术的作用。"[②] 策仁苏德那木教授是继波·仁钦和策·达木丁苏荣之后在胡仁·乌力格尔研究方面颇有造诣的学者之一。他从大学开始就搜集整理、研究胡仁·乌力格尔，在 1961 年整理出版了内蒙古草原上著名的胡尔奇毛依罕创作演唱的《呼日乐巴特尔》这一故事，书中附加了各种故事曲调、赞词等，序言中详细介绍了毛依罕胡尔奇的生平及说唱特点。1963 年他在《口头文学研究》中刊载了广泛传唱于蒙古国东方省的胡仁·乌力格尔《大中国母》。此文中编载了两种变文，分析考证了乌力格尔传唱的地区、时间及最初传唱者，对胡仁·乌力格尔的曲调、特点等方面进行了综合分析论述。1968 年他的另一篇论文《汉文

① 朝克图，赵玉华．国外学者对胡仁·乌力格尔的研究概况［J］．中央民族大学学报（哲学社会科学版），2003（1）：112.

② 策·达木丁苏荣．蒙古古代文学一百篇［M］．呼和浩特：内蒙古人民出版社，1979：1694.

书面文学在蒙古地区的口头传唱》发表，这篇文章为研究胡仁·乌力格尔提供了大量有价值的材料，文中详细介绍了胡仁·乌力格尔的主要内容、说唱形式、传播范围及传播情况等方面。

德国学者对蟒古思故事、本子故事（乌力格尔）的研究也取得了令人瞩目的成就：许多波恩大学的学者一直致力于蒙古英雄史诗尤其是变化史诗的研究与出版工作，其中亚研究所藏有很多旧故事范本。学者海西希对蒙古民族史诗、文学、历史、故事、宗教等多方面进行了研究，如先后记录出版发行了由民间艺人色楞演唱的两部史诗：《阿拉坦·嘎拉巴可汗》《宝迪·嘎拉巴可汗》。除此之外，海西希教授还撰写了《蒙古本子新故事》《1968—1974 年蒙古人民共和国民间文学记》等多篇论文，文中详细介绍了蒙古学者们在研究英雄史诗、胡仁·乌力格尔等文学方面所取得的研究成果。海西希学者一贯注重国际间的合作，在研究胡仁·乌力格尔方面，他多次来到中国内蒙古地区进行田野调查，采访胡尔奇艺人，收集本子故事，对故事中的曲调进行研究，为乌力格尔的研究做出了巨大贡献。学者派次也致力于研究乌力格尔，在 1980 年波恩大学召开的国际蒙古英雄史诗研讨会上，提交了《怒火》这一论文。之后，卡鲁斯如布先生将这一乌力格尔翻译成德语，方便了在德国的流传。

除上述几个国家的学者外，还有一些其他国家的学者对此也进行了相关研究，如匈牙利学者撰写的一部关于胡仁·乌力格尔方面的专著《内蒙古一位著名胡尔奇之好来宝诗歌》，该书在 1970 年以法语在布达佩斯出版，文中从语言、文学、诗歌理论、地区方言等方面详尽论述了琶杰胡尔奇说唱的《格萨尔》、胡仁·乌力格尔、好来宝、诗歌、民歌等。英国的蒙古学者们也在研究胡仁·乌力格尔，卡如拉在第六届国际中亚英雄史诗研讨会上递交了一篇论文，文中主要探讨的是以蒙古民间叙事歌为题材而创作的胡仁·乌力格尔——《罗苏拉喇嘛》。在日本也有学者研究乌力格尔，如阿卡日先生，他在搜集整理乌力格尔曲目、曲调上取得了一些成果，为乌力格尔的发展做出了贡献。

3. 相关研究述评

在已有研究中，《江格尔》《格萨尔》等大型英雄史诗的研究起步较早，研究成果比较丰硕，而一些中小型英雄史诗的研究起步较晚，并表现出理论研究成果与史诗文本发表具有紧密联系的特点。在各个史诗体系的研究中，布里亚特英雄史诗比其他蒙古英雄史诗的研究较早，重要研究成果丰硕，问题探讨深入。综观国内外研究，19 世纪末 20 世纪初，学者们关注的焦点在于史诗的发掘、搜集、整理与出版；20 世纪中期，从原有集中点扩展到对史诗发展轨迹以及具体史诗情节、内容的研究；20 世纪后期至今，研究点不断扩大到对史诗母题、版本、程式、东西方史诗比较等多样化的研究上。蒙古英雄史诗研究一直处在文学视角下的理论研究，研究成果丰硕。但从其他学科及交叉学科的角度对蒙古英雄史诗的文化内涵、民族积淀的文化成果传承与实践进行的研究并不多。学者们进行大量田野调查，记录蒙古英雄史诗的内容，与民间艺人进行交流，但主要集中在史诗本身上，对艺人与文化之间的研究关注度不高，蒙古英雄史诗之所以可以被称为活态史诗，离不开艺人的付出，现有研究缺少对史诗艺人文化生活圈的关注与研究，而他们是文化得以传播与传承的纽带。同时，蒙古英雄史诗的研究中缺少从政策制度上对其进行保护与传承的具体研究，在有些研究中只作为策略性意见被提及。为更好保护与传承蒙古英雄史诗这一民族文化瑰宝，挖掘其深层含义与民族寓意，有必要扩展研究视角，从不同学科交叉的角度探讨其内容、文化内涵与民族意义。

蒙古英雄史诗作为民族瑰宝，在其保护与传承上应借鉴已有经验，有学者强调将民族文化传承的重任转到学校教育，认为民族地区学校教育是有组织、有计划的，有助于民族文化的传承，提出“民族文化进校园”“开发校本课程”等建议，预想通过制度化的学校教育来传承民族文化，改善民族文化传承困境，以保护传统文化。但也应该认识到学校教育传承民族文化的作用是有限的，不应该把民族文化传承的重任完全交由学校教育来完成。除通过学校教育的方式外，国外学者建议创设专属基金会、举办展演活动、建立类型多样的博物馆等多种方式进行文化传播，在此过程中要注重民族文化在培养民族精神与民族意识上的作用。此外，还应运用与教育相关的交叉学科的视角探讨民族文化传承，不应仅限于使用交叉学科中的研究方法，应以学科理论为指导，基于学科特征，运用学科方法，从交叉学科的立场给予适当解释，进行多角度研究，促进民族文化有效传承。大数据与现代技术在教育、文化领域的广泛应用及深刻影响，也为民族文化保护与传承研究带来了新视角，应积极探索大数据在教育与文化中的应用及平台建设研究，特别是非结构性数据的挖掘、处理与应用问题的研究，非结构性数据在文化遗产的传承与发展上具有至关重要的作用，其数据结构种类庞杂，应用价值高，但现有实用性分析技术不够完善，因此，在实践与应用上得不到充分利用，加强数据分析技术的研发，可为大数据在教育与文化领域的应用研究提供支持，推动大数据在具体实践中发挥价值与作用。

（二）研究价值

第一，构建民族文化教育传承理论体系。以蒙古英雄史诗为切入点，梳理民族文化传承中的问题。结合相关理论基础，探索在大数据时代，教育与民族文化传承的关系以及如何利用大数据平台构建教育与民族民间文化传承的桥梁，怎样发挥其作用，有助于构建文化大数据平台下教育传承民族文化的理论体系，促进教育与民族文化的研究及相关理论体系的完善。

第二，拓展民族教育研究领域与研究视野。民族文化是民族教育的主要内容，民族教育是民族文化保护与发展的有效方式，两者相互促进，相互影响。如何将一个民族优秀的文化融入民族教育中，民族教育如何建构一个稳定且系统的传承模式，是值得探讨的问题。以蒙古英雄史诗为文化个案，综合运用教育文化学、教育社会学、教育人类学等一些交叉学科的理论与方法，深入剖析教育与民族文化的关系及传承方式，尝试找寻二者的最佳拟合点，可为民族文化教育传承机制的理论研究以及拓展民族教育研究领域、研究视野提供理论参考。

第三，丰富文化教育传承的理论研究成果。随着经济全球化和多元文化时代的到来，人们逐渐意识到社会思潮对民族文化的影响。学者们也展开了对民族文化及相关问题的研究。如怎样看待自己的民族文化，怎样发挥各民族文化的功能，教育如何促进民族发展等研究。而这些问题的研究是为了民族的延续及文化的传承。民族文化的传承是通过人来完成的，教育在其中起着至关重要的作用。可以蒙古英雄史诗为切入点，从不同教育形态的角度探讨民族文化传承与发展问题，落实到具体的教育形式和民族文化中，以此引发人们对民族教育与民族文化传承问题的思考，从多维角度探讨教育与文化、文化与民族发展的研究，进而丰富理论研究成果。

第四，了解蒙古民族文化遗产现状。蒙古英雄史诗是蒙古民族历史的反映，是民族精神的艺术展现。《江格尔》《格萨尔》、科尔沁潮尔史诗等一些长短篇史诗以及演唱史诗的艺术形式都被列入国家级口头与非物质文化遗产保护名录中，为此要做好保护、抢救和传承的工作。应采用多种研究方法相结合的方式对蒙古英雄史诗的发展历史、演变过程、传承现状等问题进行调查。调查分析有助于进一步了解民族文化及其在传承与发展过程中所遇到的问题，让更多的人关注民族文化，引发对民族文化传承与保护的思考。蒙古英雄史诗的田野调查以及产生的研究成果对民族地区文化发展具有实践意义，对研究我国其他少数民族地区及文化传承具有一定的参考价值。

第五，传承发展民族民间文化。文化传承的方式多种多样，采用教育传承的方式是最有效、最有影响力的。现有教育与文化传承问题的研究，主要集中在学校教育和社会教育对文化传承的研究。当下的学校教育受课程标准、学习对象、学习时间、学习场所等方面的影响，限制了民族文化的传承，而社会教育的功能在传承文化上没能充分体现，学校教育和社会教育间缺少资源共享、互动补充。可尝试构建文化大数据平台，将文化资源转化为教育资源，为学校教育和社会教育在传承民族文化方面提供有效资源做到共享与互补；同时，也为文化大数据在民族文化传承研究方面提供现实依据，为蒙古民族文化的传承与发展带来新方向，为其他少数民族文化的创新与创造性转化提供新途径。

第六，制定文化传承与保护政策。在民族民间文化中，不仅包含着各民族特有的生活方式、传统习俗等内容，更重要的是经过历史的积淀而形成的民族精神、信仰和价值观念。民族民间文化的传承关系着一个民族的发展。为此，相关保护政策的制定和教育制度的完善是保障民族民间文化有效传承的必要条件。立足于文化大数据，将大数据运用到学校教育和社会教育在保护与传承民族文化的问题上，可为现有教育政策的制定提供实践素材、数据分析，为民族教育法律体系的完善提供现实依据，为制定地方政策保护民族民间文化遗产提供参考。

（三）研究反思

现有关于蒙古英雄史诗的研究，主要集中在史诗发掘、搜集、整理与出版，史诗发展轨迹以及具体情节、内容，史诗母题、版本、程式、东西方史诗比较等方面。研究焦点一直集中在文学视角下的理论研究，而从其他学科以及交叉学科的角度对蒙古英雄史诗的文化内涵、民族积淀成果的文化传承的实践进行研究的并不多，尤其是教育学视角下的传承研究还未得到更多关注。对此，研究者应立足于文化遗产的教育传承与数字化保护，以蒙古英雄史诗作为研究切入点，从保护与传承蒙古英雄史诗文化，以弘扬和延续民族精神、促进蒙古族文化发展与民族进步为落脚点，运用教育学、社会学、民俗文化学等多学科的相关理论，通过文本史料分析法、参与观察法、深度访谈法和问卷调查法，了解蒙古族文化特征以及所依存的自然环境、社会环境和文化环境，探讨蒙古英雄史诗文化产生、发展与演变的历史进程，分析蒙古英雄史诗所蕴含的主要内容及其表演形式，并调查不同的受众群体，从现有史诗艺术形式中分析蒙古英雄史诗文化传承的实态状况，找出传承困境所在；继而将蒙古英雄史诗文化置于教育传承的视野下，思考教育传承蒙古英雄史诗文化的有效性和适切性，选择符合史诗文化特征的教育传承方式，缓解传承危机，进行创造性转化与发展。

总体而言，有几点新突破。首先，关注史诗变化后民间艺人的生活史。蒙古英雄史诗之所以可以被称为活态史诗，离不开艺人的付出，如将史诗艺人文化生活圈的变化作为研究的一部分，从史诗艺人文化生活圈的变迁来探究由此带来的对民族文化传承的影响。其次，运用深度访谈法和问卷调查法探索蒙古英雄史诗不同的传承方式，分析不同方式下蒙古英雄史诗的传承效果和群众认可度，展示不同文化持有者的观点。最后，在探寻蒙古英雄史诗的教育传承路径上，突破原有教育传承方式，适应大数据时代背景，借助数字化、信息化载体，将其运用到教育传承中，搭建蒙古英雄史诗传承的数字化、网络化、信息化的教育平台，使文化资源与教育资源相互流动、有效对接，营造现代化、数字化的良好民族文化教育环境，缓解传承危机，帮助人们实现时时学、处处学、人人学的教育目标，以此促进蒙古英雄史诗文化的传承以及蒙古民族的发展。此外，还需进一步思考，如何细化调查、精准选取蒙古英雄史诗的受众群体，使其更具代表性；在关注蒙古英雄史诗民间说唱艺人生活史以及民众文化体验上，不仅要有观察和访谈的方式，还应系统地运用口述史的研究方法，将问题阐释分析得更全面、更深入。

第一章

蒙古英雄史诗的历史演变

> “史诗反映了人类自我意识的加强，塑造了不朽的英雄形象，他们有永久的艺术魅力，不断教育子孙后代，鼓励他们的意志，让人们勇往直前。”①
>
> ——仁钦道尔吉

民族文化的延续与发展一直处于动态过程中，而其中的文化思想具有一脉相承的连贯性，积淀的思想精华为后人提供了一个历史变迁的线索。蒙古英雄史诗是在神话、英雄传说、诗歌、祝词等基础上产生与发展起来的原始文学体裁。它自产生后就一直是蒙古族人民的精神财富，伴随着蒙古民族族群的迁徙与发展。长期以来，蒙古民族聚居在我国的内蒙古、新疆、青海以及国外的蒙古、俄罗斯等国，在这些地方生活的蒙古民族中都普遍流传着蒙古英雄史诗。由于不同国家、不同地域分布等因素影响，蒙古英雄史诗的搜集、整理、出版、研究的情况有所不同。蒙古英雄史诗被学者们分为三大体系，即布里亚特体系、卫拉特体

---

① 仁钦道尔吉．蒙古英雄史诗发展史［M］．北京：中国社会科学出版社，2013：90.

系和喀尔喀—巴尔虎体系；三种类型，即单篇型史诗、串联复合型史诗和并列复合型史诗；七个中心，即我国的三个中心和国外的四个中心，其中我国的三个中心分别是内蒙古呼伦贝尔市巴尔虎至鄂尔多斯等部族中心、兴安盟通辽一带的扎鲁特—科尔沁部族中心和新疆至青海一带的卫拉特部族中心；四个阶段，即第一阶段是从远古至 13 世纪，第二阶段是从 13 世纪至 17 世纪，第三阶段是从 17 世纪至 20 世纪，第四阶段是 20 世纪后。从蒙古民族社会发展的角度看，蒙古英雄史诗的不同体系、不同分布中心，同时也是蒙古民族族群这一草原游牧民族迁徙史的客观反映。这里主要研究我国境内蒙古英雄史诗的演变发展历史，同时考察内蒙古地区蒙古英雄史诗出现的变化现象。

一、蒙古英雄史诗产生的文化生态背景

蒙古民族人口众多，分布较广，是一个勤劳、勇敢、富有智慧的民族，其文化历史环境丰富，历史渊源深远。英雄史诗是原始综合性艺术体裁，其起源和形成发展过程极其复杂。就蒙古英雄史诗的起源而言，众说纷纭，学术界至今还没有统一的看法，如神话传说起源论、萨满诗歌起源论、贵族起源论等。蒙古英雄史诗是民族文化的产物、民族智慧的象征，它产生与成长在更悠久更广泛的历史环境中。学者们认为，构成蒙古英雄史诗文化系统的因素多种多样，从蒙古族历史文化发展的大环境来讲，对蒙古英雄史诗产生与发展起到持久的、有影响力的、具有推动作用的主要因素有地域环境、社会环境和文化环境的影响。

（一）蒙古英雄史诗产生的自然地域环境

蒙古族起源于我国北方的大草原。据唐代史籍记载，蒙古族源于古

代望建河畔居住的东胡室韦诸部的一支。其中蒙兀室韦是在汉文典籍中出现最早的蒙古名称。[①] 望建河畔即今额尔古纳河流域，该流域是蒙古族的发源地，这是学术界的统一定论。作为“地域环境”的这片土地是游牧文明的摇篮，是我国北方诸多游牧民族世代繁衍生息的地方。北方的许多民族先后在此建立了众多政权，他们相互融合，相互征服、同化。而当时的“蒙古”只是蒙古诸多部落中一个部落的名称，后来发展成蒙古诸部落的共同名称。蒙古族这一由我国北方诸多民族融合而成的民族，其形成和发展经历了一个漫长的历史过程。

一个民族的形成，它的民族群体生活在共同空间内并构成了一个基本领土单元，在这个单元内的自然条件和地理环境为该民族文化的形成提供了基本的物质基础和信息来源。[②] 在蒙古民族文化形成的过程中，地域格局也在不断地发生变化，这对蒙古民族文化的演进以及蒙古英雄史诗在其过程中的产生具有很大影响。蒙古族形成过程中的地域空间远不止额尔古纳河流域。蒙古民族利用当时世界各地处于割据状态，凭借自身实力，逐渐统合处于分裂状态中的诸民族政权，在这征战过程中蒙古族势力范围逐步扩大到整个欧亚草原。欧亚大陆上的众多民族部落、民族与蒙古民族在游牧经济、生活习俗和宗教信仰等方面极其相近。当蒙古民族进入该领域建立自己的军事、政治、经济关系的同时也进入世界多民族多文化领域，接触到了世界多层意识，这对蒙古民族文化的形成产生了非常重要的影响。蒙古民族不断征战，且推崇勇士精神，在此过程中产生了许多英雄。

---

① 江应梁．中国民族史（下）［M］．北京：民族出版社，1996：1.

② 萨仁格日勒．蒙古史诗生成论［M］北京：中央民族大学出版社，2001：51.

总的来说，蒙古民族自走出额尔古纳河流域后，穿过高原、草原、中亚，走向欧洲，建立了横跨欧亚大陆的帝国，统一中原，建立元朝。从蒙古高原开始扩散，逐渐强大，到政权的建立，再到分化解体，历史线条都在给我们提供一个漫长的时间概念和一个广阔的空间概念。在这个广大的时空范围内，与蒙古民族具有直接或间接关系的各种氏族、部落、民族、地区、国家以及他们的各种文化，综合形成的信息时空，成了蒙古英雄史诗产生与发展的最基本条件；而时空地域上的变化与扩张，所引发的不断战争，战争的胜利所产生的英雄人物，人物关系中所反映的各部落氏族的融合交流，成了蒙古英雄史诗产生与发展的原材料。可以说，蒙古民族历史文化发展的框架和其所拥有的广阔时空地域范围，影响着蒙古英雄史诗文化的容量扩增。在其具体内容中可以看到，征战——蒙古英雄史诗的母题之一，英雄——蒙古英雄史诗的主人公之一，各民族文化融合——蒙古英雄史诗的内容之一。因此，这样的时空地域环境概念，为蒙古英雄史诗文化创造了大的环境背景，为蒙古英雄史诗的母题创新、结构生成、情节变化奠定了基础。

（二）蒙古英雄史诗产生的社会文化环境

从社会发展阶段的角度来看，在早期氏族部落的社会制度下，人们共同劳动，平均分配劳动成果，该时期人们所面临的主要矛盾还是人类与自然界的矛盾，阶级的矛盾还未出现，也不存在明显的剥削压迫和氏族内部斗争，氏族是基本的社会单位，生产、生活、斗争需要依靠集体的力量。早期英雄史诗的题材主要有勇士为娶妻而斗争题材和勇士与恶魔斗争题材两种。这些题材反映了当时氏族社会的矛盾与斗争。其中，勇士为娶妻而斗争题材又分为抢婚型史诗和考验婚型史诗。这一题材中的斗争是由一个氏族的男子到另一个氏族中娶妻，在此过程中遇到女方氏族亲属的反对而产生的。这是对氏族之间婚姻矛盾与斗争的写作。与恶魔斗争型史诗反映的是人类同自然界，尤其是恶劣环境的斗争，同时又反映着氏族间矛盾的性质。氏族社会瓦解时期，随着生产力的发展，氏族首领权力逐渐扩大，财富被极少数人掌握，氏族内部出现了贫富差距和阶级分化问题，矛盾难以避免，氏族社会开始走向解体。贫富及权力的差距使得氏族内部的阶级开始产生，在这样的社会背景下，氏族内部斗争和家庭内部矛盾发展到了不可调和的地步。这一现象影响了社会生产力的发展，威胁了社会安定团结，受到极大谴责。在此背景下，英雄史诗扩展了基本的英雄征战斗争型题材，从叙事文学角度产生了新题材，即家庭斗争型英雄史诗，它的模式是将生活情节和英雄故事结合改编，为此，英雄史诗结合时代背景又发展了一种新型史诗结构。当氏族社会瓦解之后，私有制伴随而来，阶级间分化愈来愈严重，由此产生了财产争夺型英雄史诗，它的内容融合了征战型史诗和婚姻型史诗后，继而加入牲畜财产的抢夺与斗争内容使结构升级，内容变得复杂。到了封建社会，整个蒙古社会的封建化不断加深，封建制度不断巩固。政治上，大汗政权逐渐加强，部族社会结构由蒙元时期的千户制向明清时代的盟旗制转化，阶级关系对立升级，不断出现新的阶级和阶层划分。经济上，由畜牧业经济向农业、手工业等多种经济生产门类发展，经营管理制度实行“苏鲁克制”[①]。文化上，多民族融合体现在文化成分的复杂性和多样性，文化与文化间相互交流、相互影响。所有这些变化，都

---

① “苏鲁克”为蒙古语音译，原意为“畜群”，现常指牧工与牧主之间的生产关系。为我国 1949 年前牧区租放牲畜的一种经济制度。

对蒙古英雄史诗的产生与形成起着决定性的制约作用。

从口头艺术影响的角度来看，英雄史诗的起源与各种原始文学艺术样式有着密不可分的联系。英雄史诗的出现，充分吸收了在它产生之前的各种口头创作艺术成就的结果，在其流传过程中又不断接受新的艺术成就，使它得以完善并发展起来。正如麦列丁斯基曾提出的，英雄史诗的形成与前阶级时代和早期阶级时代的民间创作密切相关。仁钦道尔吉先生曾经记录，民间创作的神话、传说、祭词、诗歌、祝词、赞歌、谚语等韵文体裁均为英雄史诗产生的基础条件。[①] 在民间口头创作中，英雄史诗融合了远古散文体作品的叙事传统及韵文体作品的抒情传统和格律而形成了综合性形式的叙述式题材。在蒙古英雄史诗的序诗和正文中，常常描写和介绍故事发生的时间、地点，及英雄、家乡、宫帐、战马、武器等内容。这一部分都是抒情诗，而且还可借用祭祀诗、祝词和赞词等远古诗歌形式。

如在英雄史诗《阿贵乌兰汗的儿子阿拉坦嘎鲁》中对战马有这样的描述：龙驹的四蹄不停奔腾，点踏着金色的大地，龙驹的长鬃随风舒展，飘拂着絮状的白云。

在古老赞词中也有一段与之颇为相似的对战马的描述：从千万匹快马中，它跑到最前头，它拨弄着自己的脑袋，它看见蹄下的尘土飞扬，它玩耍着自己的尾巴，它看见自己身影在狂奔。

古老赞词对摔跤手的描述是：他犹如一只斑虎，好似一只狸虎，他有雄狮般的力气，他有巨象般的身躯。

---

① 仁钦道尔吉．蒙古英雄史诗发展史［M］．北京：中国社会科学出版社，2013：49.

在英雄史诗中也出现了类似的句子用来赞美勇士的战马：你以为它是一座沙丘，它原来是一匹骏马，你以为它是一堵城墙，它原来是一匹骏马。

总之，早于蒙古英雄史诗出现的诗歌、祝词、赞词等都影响着史诗的产生与发展，在史诗中的序诗和基本情节中的抒情诗均对此有一些效仿，甚至有些史诗就直接借用了那些作品的套语和程式化的诗句。除了受古老口头诗歌的影响外，英雄史诗产生与形成的基础，也与神话、传说、民间故事等存在一定联系，在它们之间，有着许多共同的情节、人物和母题等。尽管学者所运用的资料和研究侧重点各不相同，但都肯定了这些民间文学体裁间有着紧密联系，对英雄史诗的形成发展起到了至关重要的作用。

二、传统蒙古英雄史诗形成的历史脉络

蒙古英雄史诗产生、发展、繁荣、衰落、演变的历史过程十分漫长，从口头产生并流传至今，用文字记录的时间比较晚，要明确其产生的准确时间、地域、背景、形态表现等内容比较困难。在对蒙古英雄史诗搜集、整理、出版的同时，我国有一批老、中、青学者专门对蒙古英雄史诗的地域分布、产生时代、思想内容、情节结构、艺术形象、母题类型、历史分类等进行了多方面的研究，取得了显著成绩，大体上勾勒出蒙古英雄史诗形成、发展、繁荣的过程。因此，本研究根据专家学者已搜集研究到的蒙古英雄史诗相关内容，依据蒙古族社会文化发展的历史进程，参照世界各民族地区英雄史诗产生的时代背景，对蒙古英雄史

诗的历史脉络进行了梳理，并将其划分为以下几个阶段。

（一）初创阶段：氏族瓦解时期的单篇型蒙古英雄史诗

英雄史诗产生于原始社会解体、氏族部落间频繁争斗时期，这一时期又叫作“英雄时代”。英雄史诗是这个时期人们意识活动的产物，也是蒙古民族形成时期出现的艺术形式。这一阶段为英雄史诗的产生形成阶段，存在的史诗类型主要有单元情节史诗和单篇型史诗。单元情节史诗被认为是史诗的雏形，具有人物少、事件单一、只有一个单元情节、情节母题充满神话色彩等特点。这类史诗流传至今的作品非常少，因而显得格外珍贵。蒙古史诗理论界认为，《红色勇士古诺干》是一部单元情节史诗，该史诗由甘珠尔扎布搜集整理，于1956年由内蒙古人民出版社出版。[①] 另外一种类型的史诗就是单篇型史诗，它是蒙古史诗中最基本的史诗类型，是蒙古英雄史诗的基础，并始终贯穿于整个蒙古英雄史诗的发展过程中。[②]

单篇型史诗与单元情节史诗相比较而言，其人物有所增加，以一个母题系列为核心将两三个情节单元串联而成，主要的母题系列为征战母题系列和婚姻母题系列。从目前收集整理研究的情况看，单篇型英雄史诗的主要内容为人类同自然界的斗争及氏族部落之间的战争等情节。婚事型史诗和氏族争斗型史诗是最古老的表现形式。这类史诗在结构上具有一致性，首先，用大量华丽的词语对英雄人物诞生的时代进行描述，对生活环境进行颂赞，采用夸张手法对英雄人物进行描写；其次，对故

① 荣苏赫，等．蒙古族文学史：第一卷［M］．呼和浩特：内蒙古人民出版社，2000：227.

② 仁钦道尔吉．关于蒙古史诗的类型研究［J］．民族文学研究，1989（4）：98.

事情节进行描述，分为抒情和叙事两类；最后，史诗的结尾，所有史诗的结尾都是英雄人物战胜了邪恶，打败了敌人，凯旋、庆贺胜利获得幸福结局。从史诗的结构布局上看，史诗作为一种叙事体裁有特定的结构模式特征，即序诗—正篇—尾声，这一结构模式是和人物、故事、语言、表现手法相一致的。从人物形象和故事情节上看，单篇型史诗具有历史生活真实的一面，但仍与神话思维相联系，充满浓厚的神话色彩。因此，创作特点具有神幻、浪漫、理想化的色彩；形象塑造具有类型化的特征，从人物、战马直到环境都被划分为不同类型，按照类型特征进行描画；故事情节具有动静结合、精雕细琢、渲染夸张的风格。

这一阶段英雄史诗的创作以古代社会生活和历史事件为基础，采用夸张神幻的艺术手法，史诗内容源于社会现实但又不完全一致。史诗中的英雄与蟒古思、家庭、部落、婚姻双方的矛盾与冲突，由此而形成完整结构的征战故事和婚姻故事，都是对当时蒙古社会生活形象的反映。从史诗中还可概括出一些社会关系、文化习俗等内容以及了解当时民众通过自身力量和智慧战胜自然力和恶势力的现实。如围绕英雄家庭所展开的饮食、服装、畜牧、狩猎等内容的描述；围绕英雄婚娶所展开的习俗礼仪的描述；围绕英雄征战所展开的武器、铠甲、战马等内容的描述。透过蒙古英雄史诗的丰富资料，可探究当时蒙古族人民对自然、社会、环境等多方面的意识观念和生活习俗，同时也为蒙古族文化的研究提供了史料基础，具有较高的历史价值和文化意义。

（二）发展阶段：阶级分化时期的串联复合型蒙古英雄史诗

随着社会的进步、人们思想意识及风俗习惯的变化，蒙古英雄史诗的创作与类型也处在不断变化中。早期英雄史诗的形式、内容在各个方面都得到了充实与发展，一些新史诗和史诗的新形式在原有基础上不断形成。这一阶段产生的蒙古英雄史诗以早期史诗为核心，依托原有模式向前发展，它的基本情节由两种不同单篇型史诗的情节框架为核心而形成，因此称为串联复合型史诗。[①] 根据婚事斗争母题系列和征战母题系列两大核心结构，串联复合型英雄史诗分为婚事加战争型史诗和两次征战型史诗两大基本类型。如《席勒图·莫尔根》和《祖拉·阿拉达尔罕》，可称之为这两种类型史诗的代表作品。

这一阶段的婚事加战争型史诗的故事情节与早期史诗相比大有不同，故事情节更加复杂和曲折，表现的是族外婚姻制度和氏族部落间的战争；两次征战型史诗从内容结构上看，包含了前期史诗的神话内容，同时也有迎敌作战、失而复得的情节，出征的首领已不是单枪匹马作战，而是有部下或联盟者跟随的团队作战，征战主题受当时宗教影响较大，有些主题已转化为宗教色彩浓厚的主题。这些内容在某种程度上反映了当时的社会现实，即各部落氏族通过寻找盟友建立部落联盟以及进行氏族间的战争达到兼并的目的。史诗内容与历史事实具有较强的一致性。除了上述两大基本类型外，此时还出现了家庭斗争型英雄史诗及战马英雄史诗两种特殊类型的史诗。其中，家庭斗争型英雄史诗所设定的英雄形象与传统形象相比更为丰满，反面人物则被重新塑造且人物形象更接近现实；战马英雄史诗是蒙古民间艺人才能的创新，故事内容多为想象虚构，用于歌颂英雄的坐骑。

这一阶段的英雄史诗在众多方面都表现出不同于上一阶段史诗的时

---

① 仁钦道尔吉．关于蒙古史诗的类型研究［J］．民族文学研究，1989（4）：98.

代特征。主题更加多元化，人物更加形象化，塑造了一些新内容，除主要的英雄形象、蟒古思形象、战马形象之外，还涉及了仙女形象、飞禽走兽形象等；情节更加丰富化，由两三个母题串联结合在一起，内容错综复杂，矛盾冲突增多；结构更加复杂化，早期史诗的结构模式是序诗、正篇和尾声，模式框架简单，在继承上一阶段模式的基础上，这一阶段的史诗增加了更多的单元情节，重叠结构广泛运用在描写人物和事件的变化上，利于情节的展开、人物形象的刻画和主题思想的表现。这一阶段的史诗有了明显的变化，但内容和形式的变化都是以现实作为基础，此时正是部族割据混战和封建制度不断深化时期，经济上是多种生产门类、多种经济共同发展，文化上蒙藏文化相互交流相互影响，所有变化都对蒙古英雄史诗的发展起着约束作用。因此，蒙古英雄史诗的创作与发展过程向我们展示了当时的社会现状，同时也为我们进一步了解史诗、研究蒙古族社会文化发展历史提供了重要资料。

（三）繁荣阶段：封建割据时期的并列复合型蒙古英雄史诗

封建割据时期蒙古民族经历了元朝的建立、发展和衰落的过程，此时的蒙古英雄史诗也进入第三个发展阶段。人民群众及民间艺人运用一些史诗素材创作了封建割据时期的蒙古英雄史诗，这一阶段是蒙古英雄史诗发展的巅峰时刻，史诗中充分反映了当时封建社会的部族斗争、民族斗争和宗教斗争，采用丰富优美的修饰语，极其富有浪漫主义色彩和夸张的艺术表现手法，结构模式又呈现出程式化特点，被冠以“并列复合型史诗”之称。并列复合型史诗是蒙古英雄史诗发展到繁荣阶段的特有形式，这一结构类型的史诗是在前几个阶段简单史诗类型的基础上发展而来，各个诗篇是以单篇型史诗和串联复合型史诗的框架为核心而形成的，史诗中英雄人物有数十次的争斗场面，情节结构由众多母题系列构成，每个系列都像是简单型史诗的组合，这一组合不是以串联方式构成，而是每个部分共同并列整合成为一部规模宏大的蒙古英雄史诗，史诗各部之间在情节上并不连贯，相互独立，没有统一的情节发展线索。[①] 虽没有贯穿整篇史诗的中心情节，但都会有一批英雄人物出现，他们起到联系的作用。因此，长篇英雄史诗是独立诗篇的并列复合体，亦称为并列复合型英雄史诗。

流传于我国的三大史诗《格萨尔》《江格尔》和《玛纳斯》，既是长篇史诗的代表作，又是史诗发展到繁荣阶段的象征。也就是说，长篇史诗的产生，标志着蒙古英雄史诗的发展进入繁荣阶段。长篇史诗也是在早期单篇史诗的基础上产生和发展而来，但由于它产生的社会时代背景不同，必然会有新题材、新内容、新故事结构及新的表现形式，其思想内容也发生了巨大改变，原有英雄人物的征战故事体现的是部族战争、势力扩张等具体内容，而此时的史诗内容受社会环境影响、国家的产生等一些重大改变，其内容不断充实，进一步发展，更多地上升到精神层面，宣扬国家统一、人民团结、反对分裂的思想。

《江格尔》是蒙古族长篇英雄史诗，它继承了中小型英雄史诗的优秀传统，由 200 多部较为独立的诗篇组成，讴歌了以江格尔汗为首的 6012 位勇士，歌颂了他们为保卫美丽富饶的宝木巴国，同形形色色凶残的敌人进行英勇而不屈不挠的斗争，充分展现了蒙古民族爱国爱家乡，崇尚自由、崇尚英雄的民族精神。从篇章结构上看，《江格尔》每

① 仁钦道尔吉．蒙古英雄史诗情节结构的发展［J］．民族文学研究，1989（5）：18.

一部诗章以优美的序诗开始，序诗交代江格尔苦难的童年，历数他在逆境中创造的丰功伟绩，赞颂江格尔和美丽富饶幸福的宝木巴地方，然后开始叙述江格尔及其勇士们的英雄业绩。从篇章题材上，《江格尔》各部题材略有不同，大多是汗国与汗国间的大规模征战和反侵略的战争题材，大致可以归纳为四大类：第一类是江格尔的身世及其前辈勇士的故事；第二类是江格尔及其勇士们结义的故事；第三类是江格尔及其勇士们婚事斗争的故事；第四类是江格尔及其勇士们征战的故事。这类故事在整个《江格尔》史诗群中为数最多。从篇章情节连贯性上看，除了少数几章外，《江格尔》的各部长诗在情节上互不连贯，各自像一部独立的长诗，并作为一个个组成部分，平行地共存在整个英雄史诗当中。这部史诗在总体结构上是分散的、情节上独立的数十部长诗的并列复合体，为此，国内学界已经习惯于把它称作“并列复合型英雄史诗”。然而，绝不能因为缺乏一个贯穿始终的中心情节，就把这个庞大的史诗看作杂乱无章、相互没有关联的不完整的作品。因为，它的各个章节都有一批共同的英雄人物形象，以此作为有机联系，构成它的结构体系。[①]

关于《江格尔》产生的时代一直是研究者争论的焦点，各方观点不同，有些专家认为《江格尔》是封建社会形成的作品，最初提出这一观点的学者是内蒙古大学的宝音和西格，中国社会科学院的仁钦道尔吉教授做了更多的论述，主张《江格尔》是产生于封建时代的观点。然而还有一些学者提出不同论点，如色道尔吉教授认为：“《江格尔》从产生到定型经历了几个世纪，从它内容中反映的社会生活和语言特点

① 中国社会科学院民族文学研究所．江格尔［EB/OL］．中国民族文学网，2019-10-21.

来讲，某些章节产生于蒙古氏族社会末期，又经过了奴隶社会直到封建社会才基本定型。”① 还有一些学者也提出了异议，不同意《江格尔》产生于封建时代的观点，但从《江格尔》的篇章结构、组成史诗的数量、情节结构上说，《江格尔》无疑是一部巨型英雄史诗，它足够代表长篇史诗。为此，从《江格尔》中可以总结出长篇英雄史诗的一些特点：在故事情节上，长篇英雄史诗超越前两个阶段更加曲折、复杂、多样化，篇章数量大大增多，不仅有正反面英雄间的斗争场面，还有正面英雄人物间、社会人物间的各种错综复杂的关系场面；在人物形象上，长篇英雄史诗中人物众多，每一个人物形象都显得更深刻、细腻、完整，性格发展更加复杂，如史诗中塑造的智谋型英雄形象和智勇双全型英雄形象，使得英雄史诗中的人物形象越发多姿多彩；在篇章结构模式上，长篇史诗是由多个诗篇构成，各部之间既有联系又相互独立，是并列复合体。

这一时期的英雄史诗，与前两个阶段比较差异十分显著。特别是主题思想的变化，让我们从中认识到封建割据时代社会历史的变化，更多地了解到人民群众反对战争、主张和平，在统一的局面下共建美好家园的思想愿望。而此时蒙古民族长篇英雄史诗的产生，代表了蒙古民族文化发展的较高水平，具有极其重要的史学价值，对研究蒙古民族哲学思想、宗教信仰、伦理道德和风俗习惯等方面具有不可忽视的作用。

---

① 色道尔吉．蒙古族英雄史诗《江格尔》[M]．呼和浩特：内蒙古哲学社会科学联合会编（1981 年论文选编），1982.

三、蒙古英雄史诗发展呈现出的新样态

蒙古英雄史诗的发展经历了不同的历史时期。约从 17 世纪到 19 世纪，蒙古英雄史诗渐渐衰落并出现了一些变异现象。蒙古英雄史诗的变异是一个漫长的过程，它受政治因素、经济因素和社会生活变迁的影响。在变异过程中蒙古英雄史诗保有了基本特征，但有些特质已发生改变甚至消失。

（一）蒙古英雄史诗新样态产生的原因

从古至今，蒙古英雄史诗的单位基本上都是部落史诗，在一些部族中形成过部族史诗，但并没有发展成为民族史诗，这与其起源、形成、部落历史发展、社会文化变迁有着密不可分的联系。[①] 学者们较为一致的观点是，原始蒙古英雄史诗形成于蒙古各部落尚未形成民族共同体之前。俄罗斯学者波佩提道，喀尔喀、布里亚特、卡尔梅克和内蒙古的各部族蒙古英雄史诗间有诸多共同点，他们的史诗是在还没有迁徙到现在固定地域时，继承了前时代史诗的传统。蒙古英雄史诗是蒙古部落迁徙史的文学反映，史诗在部落迁徙中形成与发展。蒙古英雄史诗基本上是部落史诗，蒙古社会一旦失去其部落社会的特征，其英雄史诗也就失去了存在的意义和社会文化功能。从 1636 年漠南蒙古各部奉清太宗皇太极为蒙古共主，清朝建立，蒙古各部出现分散、迁移和归属清朝的情况，他们的关系慢慢疏远甚至中断，英雄史诗也有了一定的独特性。内蒙古归属清朝后，置于清廷的统治与管辖，各地区实行盟旗制度，喀尔

① 陈岗龙，蟒古思故事论［M］. 北京：北京师范大学出版社，2003：19.

喀人和内蒙古人隶属于清朝的统治，受其管辖，布里亚特人和卡尔梅克人隶属于沙俄的统治，受其管辖。也就是说，蒙古各部被清朝的盟旗制度划分了界限，被固定在了一定领域。其中，蒙古英雄史诗三大体系中的喀尔喀—巴尔虎体系史诗的集中地也被划分，扎鲁特归为昭乌达盟，科尔沁成为哲里木盟（现通辽市），史诗集中地的蒙古各部间大规模迁徙就此停止。为此，以部落或部落联盟间的战争为特征的蒙古封建割据时代就此结束，蒙古族各部封建割据局面消失，亦即蒙古英雄史诗形成的社会基础发生了改变，它失去了其存在的政治生活功能。

当蒙古各部受清王朝管辖形成盟旗制度后，被置于新的社会经济条件下，蒙古族历史演变及蒙古英雄史诗的发展均发生了重大改变。在清朝统治时期，内蒙古东部地区土地被开垦转化成为农业经济，经济生活方式从原来的游牧经济转变为半农半牧的新的经济生活方式。这样，除了失去上述政治生活功能外，作为蒙古英雄史诗产生的生活方式的基础，即游牧经济已经逐步从内蒙古东部地区的经济生活中退去。土地被移民开垦，改变了内蒙古地区原有的社会结构和经济结构。土地开垦前，生活的主要居民为蒙古族，但随着移民的拥入，土地被开垦，农业技术被广泛掌握，汉族的农业人口日渐成为内蒙古东部地区的主要人口。区域经济也逐渐从原始的游牧业过渡为后来的农业。受到移民文化的影响，当地土著蒙古牧民开始适应新的经济生活方式，将游牧转向定居，成为农业人口的重要组成部分。

部族政治生活和游牧经济生活的改变，导致内蒙古东部地区部落史诗时代的终结。喀尔喀—巴尔虎体系史诗、扎鲁特—科尔沁部族史诗等一些部落史诗，它们在新的政治生活和经济生活中失去了原有的政治、社会的功能与意义，但这并不意味着东蒙古地区的英雄史诗传统完全灭亡，而是在新的条件下，英雄史诗的政治功能开始转向文化功能。① 英雄史诗的民间信仰或民俗功能导致了蟒古思故事的产生。而史诗功能的转变，也与东蒙古地区的宗教信仰和农耕文明所带来的本子故事新传统有密不可分的关系。总的来说，蒙古英雄史诗经历了形成、发展与繁荣时期，在扎鲁特—科尔沁部族中走向演变和消亡，但它并不是灭亡，而是在原有传统上出现了新样式——蟒古思故事、本子故事和叙事民歌等。可以说，蒙古英雄史诗是蟒古思故事、本子故事产生与发展的基础，但同时它又在蟒古思故事和本子故事中得以继承和发展。

（二）蒙古英雄史诗新样态的具体表现

蒙古英雄史诗之所以称为英雄史诗，是因为它具有不同于一般诗歌的特征：首先，它描写的主人公是英雄人物，而他们又是氏族、部落、封建部族的首领；其次，它表达的基本主题是各个氏族、部落、封建部族间的战争、婚姻、联盟；最后，它歌颂的主要内容是英雄征战过程中的力量和勇敢。② 进入 19 世纪后蒙古英雄史诗的发展出现了新现象，此时的史诗在继承传统特征的基础上又有了新内容，主要表现为蟒古思故事和本子故事等新样式的产生。这两种史诗新样态，蟒古思故事出现在蒙古英雄史诗发展的晚期阶段，它的形态属于变异史诗的观点已成为蒙古史诗研究界公认的定论；本子故事在勇士及其战马、刀枪、盔甲等方面的描述上继承和发展了英雄史诗的传统。

① 陈岗龙，蟒古思故事论［M］. 北京：北京师范大学出版社，2003：28.

② 荣苏赫，等. 蒙古族文学史：第二卷［M］. 呼和浩特：内蒙古人民出版社，2000：306.

1. 蟒古思故事

蟒古思故事是在我国内蒙古东部地区的蒙古民族中流传的民间英雄故事，俗称“镇压蟒古思的故事”，简称“蟒古思故事”。关于“蟒古思故事”的概念，北京大学陈岗龙教授在其研究中谈道：“学术界使用‘蟒古思故事’的叫法，大约始于20世纪60年代。《草原》1962年第12期发表了一篇题为《哲盟民间文学小组挖掘、整理〈芒斯的故事〉》的报道，其中说的《芒斯的故事》是流传于原哲里木盟（现通辽市）的一部长篇神话故事，是一部没有用文字记录下来的长篇史诗。”① 最早从事蟒古思故事搜集整理工作的研究者是波·特古斯，他在《试论蟒古思故事》一文中指出：“蟒古思故事由一组独立的故事组成，是以主人公的名字命名的社会史诗。”② 尼玛先生在《关于东蒙古的蟒古思故事》一文中认为：“蟒古思故事是民间俗称，这个俗称的来历是在本子故事形成后，为区别新旧说唱文学体裁就把原来的史诗改称为蟒古思故事。”③ 蟒古思故事的概念是得到研究蒙古英雄史诗学者们的一致认可的。

关于蟒古思故事的内容主要讲述的是英雄迅速成长，并在众多助手的帮助下解救受蟒古思侵袭的人们，消除痛苦，完成保卫人间美好幸福的使命。蟒古思故事的风格和叙述手法与传统英雄史诗相似，均在描述英雄的功绩。关于英雄史诗对蟒古思故事的影响，陈岗龙教授发现蟒古思故事的起源与喀尔喀、巴尔虎地区流传的史诗《希林嘎拉珠巴托尔》

---

① 陈岗龙．蟒古思故事论［M］．北京：北京师范大学出版社，2003：17.

② 波·特古斯．试论蟒古思故事［J］．通辽师范学院学报，1978（1）：49.

③ 尼玛．关于东蒙古的蟒古思故事［J］．内蒙古师范大学学报．1988（4）：75.

《巴彦宝鲁老人的三个儿子》有关。首先，在史诗《希林嘎拉珠巴托尔》中主要讲述的是失而复得的主题，而在蟒古思故事中这正是核心主题；其次，史诗《希林嘎拉珠巴托尔》《巴彦宝鲁老人的三个儿子》中的人物名字及形象都保留在蟒古思故事中；最后，从蒙古各部族的迁徙史看，喀尔喀、巴尔虎、扎鲁特、科尔沁各部之间有着密切的历史与文化联系。① 因此，蟒古思故事与蒙古英雄史诗有密切联系，同时也说明它源于史诗又区别于史诗，是英雄史诗在新历史条件下的新形态。它不仅继承了蒙古英雄史诗的基本特征，还发展了其他内容，如在人物描述上受当时社会影响，在主题上继承了传统史诗神话主题和失而复得的主题，又发展了宗教主题，三个主题融为一体，形成了蟒古思故事主题的多层次性。

2. 本子故事（乌力格尔）

本子故事是一种特殊的口头叙事文学，广泛流传于我国内蒙古东北部地区。它是蒙古英雄史诗的演唱传统、汉族章回小说和口头说书传统相结合的产物。这一巧妙的结合源于当时东蒙古地区的社会历史文化。明末清初，漠南蒙古，特别是内蒙古东北部地区的一些蒙古族，与中原汉族交流频繁，文化接触日益增加，通过一些文人的翻译，大量汉族文学作品、故事、小说等被介绍到蒙古民族地区来。随着社会变迁半农半牧的社会结构出现，受农耕文化影响，东蒙古地区的民众对故事情节曲折、思想内容丰富的汉族文学作品表现出浓厚的兴趣。汉族文学作品的广泛传播，主要是识字的蒙古人直接阅读原著或是蒙古文的翻译手抄

---

① 陈岗龙．蟒古思故事论［M］．北京：北京师范大学出版社，2003：125.

本，还有一些是通过说唱艺人根据汉族文学作品改编的“本子故事”的演唱而得到传播。日积月累，蒙古民众熟悉了本子内容，并且说唱本子故事也逐渐成了东蒙古地区民间说唱文学的一个重要传统。从此，本子故事成了蒙汉文化交流的载体，同时也成了东蒙古地区民众对叙事文学的审美观念的新转折。

随着内容的丰富，受众群体对艺人说唱的要求不断提高。当以往那种听取“读本子”、观看“拿着本子”吟唱的形式满足不了受众审美时，加入乐器伴奏的说唱就更为引人注目，从形式上变化后，蒙语称之为“乌力格尔”。因乐器、演唱曲调的不同，在蒙古族民间，将徒口讲说表演而无乐器伴奏的乌力格尔称为“雅巴干·乌力格尔”，又称“胡瑞·乌力格尔”；将使用朝尔伴奏说唱表演的乌力格尔称为“朝仁·乌力格尔”；将使用四胡伴奏说唱表演的乌力格尔称为“胡仁·乌力格尔”。有伴奏乐器的乌力格尔表演通常为一人自拉胡琴说唱，唱腔的曲调丰富多彩、灵活多变，其中功能特点比较明确的有争战调、择偶调、讽刺调、山河调、赶路调等。“乌力格尔是从它初期以说唱蟒古思故事为主，发展成为现代的以汉族历史故事、演义故事、自编故事为内容的较为完整的一种民间说唱艺术。人们总把‘本子故事’和‘乌力格尔’笼统地称作‘本子故事’，这也表明了‘本子故事’是乌力格尔的主体，是其原生形态。”①

关于蒙古英雄史诗对本子故事的影响，李福清院士认为：“演唱本

① 斯琴托雅．从胡仁乌力格尔发展过程探析蒙古“故事本子”的含义［J］．内蒙古大学学报（哲学社会科学版），2013，45（4）：40.

子故事的说书艺人——胡尔奇[①]，根据自己的需要对翻译过来的汉族小说作品进行改编，着重描述蒙古人喜爱的内容，如骏马、骑士等，极力采用传统史诗手法和民族曲调，久而久之，蒙汉文化两种不相同的文化经过复杂的过程融合到了一起。”[②] 中央民族大学教授朝克图在其专著《胡仁乌力格尔研究》一书中谈道：“乌力格尔是在蟒古思故事的基础上产生，在产生初期主要是以蟒古思故事演唱的方式说唱汉族历史故事，蟒古思故事在母题和艺术手法上影响了乌力格尔的发展。”[③] 陈岗龙教授也指出：“在英雄史诗传统高度发达的蒙古地区，源于中原历史章回小说传统的本子故事的传播，曾经历了一个‘史诗化’的过程。这种‘史诗化’具体来说是本子故事演唱者按照蒙古民众接受英雄史诗传统的心理特征，对翻译过来的汉族作品进行改编，采用传统史诗手法讲述故事，从而使本子故事在主题、题材和程式化描述段落等方面史诗化。一个本不属于蒙古文化传统的本子故事被蒙古族民众普遍接受，这要归功于民间艺人对本子故事‘史诗化’的创作，蒙古民间艺人表

---

① 胡尔奇“hugurci”一词，音译众多，最早出现在1240年成书的《蒙古秘史》中，特指奏乐的艺人、奏乐的女子、女乐手等。在成吉思汗时期，称其为“虎儿赤”，是专门为成吉思汗服务的特殊军队“宿卫军”下属的提供音乐表演事宜的职位，完全由蒙古族组成，多从事本族礼俗音乐表演事宜。清代，又有了新的名称“浩尔齐”，它不仅指胡琴的演奏者，也指“口琴演奏者”或者“朝尔演奏者”。他们在科尔沁地区近代化的历史进程中诞生，并且逐渐形成了自己独特的艺术特色。我们现在所说的胡尔奇是指手拿四胡说唱乌力格尔的艺人，他们以此作为自己的终身职业，不断地学习、演出、创作，为乌力格尔艺术的传承和发扬起到了不可替代的作用。

② （俄）李福清，陈周昌．汉文古小说论衡［M］．南京：江苏古籍出版社，1992：205.

③ 朝克图．胡仁乌力格尔研究（蒙文版）［M］．北京：民族出版社，2002.

演时的‘史诗化’即是民族化的过程。”① 总之，本子故事是在蒙古英雄史诗和蟒古思故事的传统基础上形成和发展而来的，在其发展过程中，说唱的内容、方式等诸方面都发生了变化，最后演变为现在意义上的乌力格尔。乌力格尔是蒙汉文化交流的产物，是蒙古族吸收学习多元文化的载体。

（三）蒙古英雄史诗新样态的发展阶段

随着蒙古英雄史诗的发展变化而产生的蟒古思故事和本子故事，二者源于史诗又区别于史诗，更多的是融合了汉族的文化思想。在其产生后经历了不同的发展阶段。在东蒙古地区本子故事更受民众青睐，受本子故事影响，民众的思想观念和审美观念以及对口头文学的要求发生了巨大的转变。同时，以演唱本子故事作为谋生手段的艺人群体愈加专业化并产生了不同的艺术流派，本子故事的发展越来越成熟。而蟒古思故事作为蒙古英雄史诗晚期发展阶段的特殊形态也受到了本子故事的影响，这一影响是一种口头传统及其观念体系对另一种口头传统的宏观而整体的影响。本子故事影响了蟒古思故事的叙事结构、人物形象、情节母题、程式化诗歌段落以及观念体系等方面，可以说，我们今天看到的蟒古思故事在很多特征上都是受本子故事影响而形成的。② 为此，以下将主要讨论本子故事的历史发展阶段。

---

① 陈岗龙．蟒古思故事论［M］．北京：北京师范大学出版社，2003：252.

② 陈岗龙．蟒古思故事论［M］．北京：北京师范大学出版社，2003：283.

1. 稳定与繁荣：民国时期本子故事（乌力格尔）的发展（1911—1947 年）

民国时期民主主义思潮涌动，但这并未改变蒙古族的特定社会结构，民间艺术根植于地方性艺术形式。在科尔沁草原地区，有王公贵族、寺院僧人以及普通民众等阶层，而王公贵族享受着丰富的娱乐生活。在王府中，有弹有唱的本子故事（乌力格尔）备受贵族们喜爱，因此，王府中设有专职艺人进行弹唱。民国十六年，图什业图王府邀请近百名蒙古族民间说唱艺人同台献艺进行说书比赛，评选出四位优秀艺人，此次比赛冠军胡尔奇——金宝山以自己高超的说唱技艺力压群雄，一举夺魁，成为王府专职艺人，同时也是第一代内蒙古蒙古族说书厅艺人，相比较王府中的封闭式演唱，寺庙举行庙会期间会邀请艺人进行说唱，在此期间普通民众均可参与互动。著名的胡尔奇琶杰也曾在寺庙中为众僧人说唱，一年中要有三次，每次十到二十天的时间为寺庙中的众人说唱。① 大多数说唱艺人仍沿用传统的说唱方式，即身背四胡或潮尔出入蒙古包和王府，四处漂泊，流动行艺，在祭祀、庆典、那达慕等活动中经常会听到他们的演唱。

这一时期东蒙古地区的许多地方都有了蒙语说书馆，一些艺人在此献艺，同时，说唱曲目更为丰富，一些艺人还创作了不少反映当时蒙古族社会生活的新作品，如丁哈尔扎布根据图什业图王府举办的摔跤比赛的故事创编了《猛士——赛兴嘎》，并以自弹自唱的形式演出，该曲目不久便广泛流传于科尔沁草原。此时，说书馆的建立、说唱曲目的丰

① 叁布拉诺日布，王欣．蒙古族说书艺人小传［M］．沈阳：辽沈书社，1990：49.

富、演唱艺人的增多、说唱流派的形成、杰出胡尔奇的涌现均说明了本子故事（乌力格尔）在这一阶段繁荣发展的景象。

2. 转变与断裂：新中国成立后本子故事（乌力格尔）的发展（1949—1977 年）

随着内蒙古自治区的建立，蒙古族文化艺术的发展迎来了新的历史阶段，社会环境的变化固然影响了蒙古族民间艺术的发展。草原乌兰牧骑、歌舞乐团等一些文艺团组的建立将民间艺术推上专业舞台，一些胡尔奇被纳入乌兰牧骑的队伍中，如著名说唱艺人毛依罕和琶杰，还要对他们进行培训，这样，胡尔奇从“非职业化”到“职业化”的社会角色和身份发生了改变。在国家文化艺术建设的过程中，胡尔奇所承载的艺术内涵受到了新的意识形态的洗礼，其说唱内容、艺术形式发生了改变，它成了舞台节目，更多地反映着民族特点和地区特色。20 世纪 50 年代中期，随着一批说书馆的建立，广播站开办转播乌力格尔节目，广大蒙古族群众受其感染沉浸在乌力格尔的艺术魅力中，成了当时蒙古族群众的文化时尚。到了 20 世纪 60 年代中后期，为推动民族文化说唱艺术的进一步发展，内蒙古自治区召开蒙语说书会，深入探讨“如何适应社会主义时代人民群众的艺术需要”“改革旧书创造新书”等问题。在科尔沁草原地区，如科右中旗召开民间艺人试点工作会议，围绕“如何说唱乌力格尔新曲目（书）”进行了商讨，通过了《科尔沁右翼中旗民间艺人联谊会章程》；扎鲁特地区进行了民间艺术的现代汉语格式转化活动，改造和利用原有内容创造新曲目，以适应文化变迁对传统文化艺术提出的新要求；通辽市举行民族曲艺、戏剧会演。1967 年后，在特殊的社会历史环境下，民间文化进入艰难发展时期，而文化传承就变成了不可选择的社会强制要求。因此，蒙古族民间文化乌力格尔难逃厄运，其传承与发展就此断裂。

在这一历史阶段，乌力格尔的发展经历了巨大转变。首先，根据社会变迁的新要求，它开始向现代话语模式转型，更新和创造了更多时代曲目；其次，它的传播范围不断扩大，深受蒙古族群众喜爱；最后，民间艺人由“非职业化”逐步过渡到“职业化”发展。蒙古族民间文化在不断的变化中发展着。但由于特殊历史时期，乌力格尔等一些文艺活动被迫停止，受此影响一些民间艺人放弃了这项艺术另谋职业，造成这一民族文化未能得到有效传承，其发展进程由此断裂。

3. 恢复与新生：改革开放后本子故事（乌力格尔）的发展（1978年至今）

1978 年党的十一届三中全会后，各级各类文化渐渐恢复，民族民间艺术再度萌发生机。之前的影响并未推翻传统，民族民间艺术作为文化模式，有其深厚的社会记忆，永存历史。自此，各地开始恢复文艺工作，重建和组织说唱场所，政府聘请专职艺人进行说唱，广播电台重新录制和播放节目，胡尔奇重拾信心回到舞台，继续给蒙古族民众带去欢乐，新曲目、新内容、新素材的出现扩展了胡尔奇的说唱风格，各个流派风格越来越明显，在群众中的影响不断扩大。乌力格尔在 20 世纪 80 年代迈入辉煌时期，但后来逐渐走向滑坡，到了 20 世纪 90 年代后期面临灭绝的危机。任何文化艺术，如果缺失了观众，那么它将会失去未来及发展。时代进步，牧区民众生活水平不断提升，文娱生活愈加丰富多样，乌力格尔这一独特的民族艺术不能再满足人们的文化生活及精神需求，它传统的表演方式并未因民众审美需求的变化而变革、创新。再加之，胡尔奇自身文化水平不高、模式固定，许多知名艺人相继去世，新的传人严重不足，使得乌力格尔艺术传统的生存和发展面临危机，演出日渐萎缩，活动范围圈减小，队伍后继乏人，亟待采取有力措施加以扶持和保护。

2003 年，政府组织启动实施中国民族民间文化保护工程。2006 年，乌力格尔入选国家级“非物质文化遗产”名录，受《中华人民共和国非物质文化遗产法》保护，在法律条文中明确规定了非物质文化遗产的调查、传承传播与保护的内容，以法律条文的形式确定了乌力格尔民族文化地位，乌力格尔又进入另一个崭新的历史发展阶段。对于广大蒙古族群众来说，乌力格尔不仅是他们文化生活的主要方式与手段，而且是他们学习知识和精神培育的重要教育手段，在他们心中，乌力格尔占有十分重要的地位。

第二章

蒙古英雄史诗的主要内容与表演形式

“在口头史诗的传播过程中，是艺人演唱的文本和文本以外的语境共同创造了史诗的意义。”①

——朝戈金

蒙古英雄史诗的内容以现实生活为基础和原型，史诗中塑造的人物形象、展现的生活场景、建立的各种关系以及涉及的矛盾冲突，都在反映着古代蒙古社会发展的形态。德国著名学者瓦尔特·海西希教授对蒙古英雄史诗的内容结构进行了深入研究，在掌握大量史诗文本的基础上，对近百部史诗的情节结构进行了分析，并将其划分为十四个大类，每个大类又被分为若干个小类和母题，共三百多个母题和事项，几乎涉及古代蒙古社会经济、政治、文化以及生活的各个方面。将蒙古英雄史诗称为蒙古民族历史文化的百科全书是一种实事求是的概括。近些年，学者们越来越深刻地认识到蒙古英雄史诗所蕴含的丰富内容及其多样价值，但在现有研究中对这一文化宝库的挖掘还远远不够，需对其内容、

① 朝戈金．口头史诗诗学：冉皮勒《江格尔》程式句法研究［M］．南宁：广西人民出版社，2000：238.

结构、类型等进行深入探讨。

一、蒙古英雄史诗的主要内容和形态特征

在民族群众的生产生活中，蒙古英雄史诗作为特定的叙事表达方式，既是历史记忆又是民族群众的生活愿景，表达着人们的思想意识、观念态度、社会理想和文化习惯。在不同的历史时期，受其文化背景和时代特征的影响，蒙古英雄史诗的主题思想、形象体系、故事情节等内容具有不同的表现形式。

（一）内容主题

蒙古英雄史诗种类繁多，不同作品中人物角色和故事内容各不相同，透过这些故事主题和情节意义，可以概括出几种故事类型，在《蒙古文学史》一书中，将中、短篇蒙古英雄史诗的内容主题归为“婚姻”主题和“征战”主题两大类。“婚姻”类史诗讲述的主要内容是英雄去异地他乡娶亲的过程，其中伴有蟒古思入侵、掠夺霸占英雄妻子而发生的战争。“征战”类史诗讲述的主要内容是蟒古思侵占英雄的家园，掠夺财产、家室、属民而引发的战争，英雄奋起反抗，最终消灭蟒古思，赢得战争的胜利，夺回一切。① 而海西希教授的观点是蒙古英雄史诗的主要内容在于描述英雄人物为保护家园、家人、属民而进行的战斗，胜利完成使命的典型故事。② 他根据蒙古英雄史诗的故事，将其分

① 荣苏赫，等．蒙古族文学史（第一卷）［M］．呼和浩特：内蒙古人民出版社，2000：231.

② （苏）谢·尤·涅克留多夫．蒙古人民的英雄史诗［M］．徐昌汉，译．呼和浩特：内蒙古大学出版社，1991：95.

为六种类型，分别是抢婚史诗、神话史诗、收复领土财产史诗、力量授权史诗、复合仪式史诗和说书史诗。抢婚史诗和收复领土财产史诗是最古老的形式；神话史诗对应的故事原型为《格斯尔》；力量授权史诗对应的原型为《江格尔》；复合仪式史诗是英雄的和宗教的双重母题混合而成，对应的原型是《镇压蟒古思的故事》；而流传于东蒙古地区的本子故事被归为说书史诗中。[①] 下面对蒙古英雄史诗中的基本主题及相关内容进行阐述。

1. 婚姻主题

仁钦道尔吉教授将婚姻型史诗划分为三种类型，即抢婚型史诗、考验婚型史诗、包办婚姻型史诗。这一划分包括了所有婚姻型史诗，概括了这一类型史诗的全貌，同时也是对社会制度从氏族制度到奴隶制度再到封建制度的反映。这三种类型的史诗，最初产生的主题是抢婚型史诗，随着蒙古社会的发展、家庭观念和婚姻制度的变化，人们有了新认识，这样在最初的抢婚型史诗的基础上产生了考验婚型史诗。勇士求婚远征型史诗情节框架是各种婚姻型史诗产生和发展的基础。在仁钦道尔吉教授总结的婚姻型史诗的母题系列[②]比较中可以看到这两类史诗的变化情况。

---

① 博特乐图，哈斯巴特尔．蒙古英雄史诗音乐研究［M］．北京：中国社会科学出版社，2012：86.

② 仁钦道尔吉．蒙古英雄史诗发展史［M］．北京：中国社会科学出版社，2013：161.

表1 婚姻型史诗母题系列比较表

（第一类）抢婚型史诗母题系列	（第二类）考验婚型史诗母题系列
时间（从前）	时间（从前）
地点	地点
父母祈求过程	勇士及其父母
三个儿子诞生	获未婚妻信息
封可汗	决定去成亲
弟弟修建汗宫	父母劝告
获可汗的未婚妻消息	准备坐骑和武器
商量可否去成亲	出征求婚
劝说途中危险	途中经历多种危险并战胜
表示疑惑	看到未来岳父汗宫
决定去成亲	勇士化身
父母劝告	受到歧视
准备坐骑和武器	岳父提出苛刻条件
出征求婚	勇士完成任务
途中经历多种危险并战胜	允婚
遇见岳父	完婚

续表

(第一类)抢婚型史诗母题系列	(第二类)考验婚型史诗母题系列
岳父拒绝亲事逃走	携妻返回
勇士追逐	返回途中遇危险
强迫威胁	战胜危险
岳父被迫允婚	举办盛宴
完婚	
携妻返回	
举办盛宴	

这两种类型的婚姻型史诗的根本区别在于完婚的方式，第一类中有抢婚情节，第二类中有考验情节，在其他方面并没有太大区别，较为一致，抢婚型史诗早于考验型史诗。从上述比较中也可以看出，考验型史诗的情节是在抢婚型史诗情节框架的基础上形成的。而到了封建社会，婚姻型史诗中抢婚的内容已经基本上不存在了，抢婚的阶级性质发生了变化，内容上变成以订婚结亲为主的娶亲方式。从不同时期史诗中讲到的婚姻角度看，可以说大部分史诗中涉及的婚姻型情节内容，都是伴随征战型史诗出现，在情节上加入抢婚、考验、包办等内容。而史诗情节类型的变化也是对蒙古氏族社会分化、奴隶社会形成、封建社会过渡等社会制度、社会现实的反映。

2. 征战主题

征战主题是蒙古英雄史诗中以征战母题系列而构成的另一种模式化故事。故事内容主要为蟒古思的入侵，占领英雄领地，夺走英雄的妻子、家室、子民、畜群、财物等，英雄奋起反击，经过反复多次与蟒古思的征战，最终以英雄胜利战胜蟒古思、夺回一切、重新过上美好生活为结局。征战型史诗中的人物、事件等方面与历史史实相对照，存在一些距离，但是通过史诗中的故事内容也可反映出当时社会制度形成过程中，部落与部落间争夺私利而引发的征战攻伐，而史诗中都会以大团圆为结局，这也反映了当时广大民众的情感态度以及渴望和平、憧憬幸福生活的美好愿望。下面对单篇型史诗中的征战主题进行对比，这类史诗征战主题分为两类，即迎敌作战型和失而复得型。（以仁钦道尔吉教授整理的《阿贵乌兰汗》和《陶干希尔门汗》史诗的母题系列为例①）

表 2　单篇型史诗中的征战主题比较表

阿贵乌兰汗（迎战式）	陶干希尔门汗（失而复得式）
古老时代	古老时代
勇士与妻子、父亲	地点
地点、宫帐	宫帐
坐骑	勇士及其美丽的妻子
父亲做噩梦	蟒古思得到信息

① 仁钦道尔吉．蒙古英雄史诗发展史［M］．北京：中国社会科学出版社，2013：108.

续表

阿贵乌兰汗（迎战式）	陶干希尔门汗（失而复得式）
望见蟒古思来犯	蟒古思派人偷袭勇士妻子
父亲召见勇士迎战	蟒古思表达对美丽妻子的喜爱之情
勇士呼唤战马	勇士发现妻子失踪
抓马	占卜
吊马	卜者告知真相
出征宴	勇士唤战马
勇士酣睡	战马鞴鞍
战马鞴鞍	勇士穿战袍、战靴
勇士穿战袍、战靴	携带武器
携带武器	出征
出征	勇士休息、观察
途中之遇	途中遇到危险
遇见蟒古思	以战马本领战胜自然力
互报姓名、目的	碰见敌人将其打败
约定较量	乘蟒古思上山之机见到妻子
敌人没有打中	妻子劝说勇士离开

续表

阿贵乌兰汗（迎战式）	陶干希尔门汗（失而复得式）
勇士射中，敌人未亡	勇士上山追击敌人
肉搏	找到蟒古思
蟒古思战败	敌人进攻未成
蟒古思毙之	勇士将其灭之
消灭蟒古思家人	蟒古思求饶
小蟒古思进攻	消灭敌人
灭小蟒古思	夫妻回家过幸福生活
凯旋	
庆祝胜利	

在情节方面，迎战式史诗和失而复得式史诗的区别在于前者蟒古思抢夺未成，后者乘机抓走勇士妻子，从而引发一系列母题的不同，其他方面区别不显著。单篇型史诗的征战类情节结构是其他类型史诗的基础，都是以此为核心、为模式、为单元不断丰富和向前发展。也就是说，勇士与敌人斗争的情节框架是其他各类征战型史诗产生和继续发展的基础。

（二）角色形象

蒙古英雄史诗中的角色形象分为正面角色与反面角色、主要角色与辅助角色等。正面角色是以可汗为代表的英雄、勇士们，反面角色是以蟒古思为代表的恶势力，除了正面和反面的一些主要角色外，还有一些辅助角色，如正方的辅助角色有可汗的妻子、同伴、儿子、坐骑，反方的辅助角色一般为蟒古思的同党等。这些不同的角色形象、不同的角色地位共同构成了蒙古英雄史诗中的角色系统。

在中短篇英雄史诗中，角色分为单角色和双角色两类。单角色为作为部落首领的英雄——可汗，他单枪匹马去异地他乡娶亲或反击蟒古思的侵犯，主要依靠自身力量战胜敌人，建功立业，这个角色描述的就是他既是部落首领又是保卫部落利益的勇士，代表史诗有《十八岁的敖拉坦嘎鲁海》等。双角色一般是指可汗、把秃儿（勇士）或是臣属部下，把秃儿或部下辅助可汗与敌人进行斗争，最终获得胜利，代表史诗有《江格尔》等。在长篇英雄史诗中，人物角色众多，可汗只有一个，处于整个角色体系的中心位置，但同时有多个把秃儿（勇士）来辅佐英雄人物，多个把秃儿一般出现在多个篇章故事中，时而为主角，时而为配角。在蟒古思故事中，篇章独立，自成单元，每个篇章、故事中，都有可汗和把秃儿的形象设定。下面以博特乐图等人整理的科尔沁十八部蟒古思故事中的前三部中正反角色进行说明。

表 3 科尔沁十八部蟒古思故事中的前三部正反角色对比

<table>
<tr><th colspan="2"></th><th>《宝迪嘎拉巴可汗》</th><th>《阿拉坦嘎拉巴可汗》</th><th>《道喜巴拉图把秃儿》</th></tr>
<tr><td rowspan="2">正面角色</td><td>可汗</td><td>宝迪嘎拉巴可汗</td><td>阿拉坦嘎拉巴可汗</td><td>特古斯朝克图可汗</td></tr>
<tr><td>把秃儿</td><td>锡林嘎拉珠把秃儿</td><td>阿斯尔查干海青</td><td>道喜巴拉图把秃儿</td></tr>
<tr><td rowspan="2">反面角色</td><td>蟒古思</td><td>阿日扎嘎蟒古思</td><td>本巴拉西蟒古思</td><td>阿日扎嘎日·哈拉</td></tr>
<tr><td>蟒古思姑娘</td><td>嘎拉兵·希拉</td><td>东黯尔·希拉</td><td>萨拉黑·希拉
汉给勒·希拉</td></tr>
</table>

（三）结构布局

蒙古英雄史诗作为一种叙事文学体裁，有人物形象、故事情节结构，人物矛盾产生冲突而形成的故事内容是史诗的主体，占有大量篇幅进行讲述，学者们将其称为“正篇”；但史诗故事情节不是直接讲述主题，而是在正式进入故事情节之前，先做一些铺垫，用平缓的旋律曲调进行渲染，学者们将其称为“序诗”，用来介绍故事发生的时间、地点、人物、家庭关系、畜牧、武器等；在故事讲完后，还会用一段悠长曲调抒发情感介绍大团圆结局，祈福国泰民安、生活幸福，这被称为“尾声”。

1. 序诗

在《蒙古族文学史》一书中提到“序诗”，它一般从故事发生的古老年代和英雄居住的地理环境唱起，以《胡德尔·阿勒泰汗》为例具

体介绍“序诗”。它的开篇中这样写道：①

在苍天像马绊扣那么一小点小的时候，
在大地像土火盆那么一小点小的时候，
百姓的头上没有作威作福的那颜，
人民的周围没有盗贼匪徒的骚扰。
富饶而高耸的阿尔泰山西面，
住着一位勇力无比的可汗，
他的名字叫胡德尔·阿勒泰，
他的英雄业绩在草原流传。

序诗用来描述英雄的居所、牧场、畜群，还有英雄患难与共的伙伴、美貌贤惠的妻子。除此而外，序诗还用极其夸张的手法从各个角度赞美英雄有过人的力量、高超的武艺以及骏马的体态等。序诗起着引子的作用，为正篇的展开提前铺垫情景、创设环境、交代人物、埋下伏笔。

2. 正篇

蒙古英雄史诗的“正篇”，即史诗中有情节的故事，围绕两大基本主题“征战”“婚姻”展开。在中短篇史诗的故事情节中，正篇内容存在模式化倾向，情节推进语调平缓，但并不让人感觉到乏味沉闷，究其原因，主要是“它枝杈式的结构和动静结合的布局，在故事情节的主

① 荣苏赫，等. 蒙古族文学史：第一卷［M］. 呼和浩特：内蒙古人民出版社，2000：241.

干上，衍生出许多枝杈故事，而对这些枝杈故事的描述，又常常精雕细琢某些细节部分”[1]。如史诗《朱盖·米吉德胡》中细致地描绘战马的情节：

价值千金的龙头挂在它的头部，

价值万金的雕鞍放在它的后背，

巧手姑娘制作的三条红丝带系在它的前腿，

秀丽姑娘制作的三条白丝带勒紧它的后腿。

史诗艺人在说唱中，描述勇士战马、武器装备、战争场面等一些细节部分时，在长期的演唱中，渐渐形成了一些定式化的套语。这些套语为半固定式，方便记忆，在经过长期磨炼后，变得更加精彩生动，艺术感染力强，受到听众喜爱。

3. 尾声

“尾声”是英雄史诗故事情节中的结尾部分，每部史诗故事的结尾都以英雄胜利大团圆为结局。尾声是在勇士凯旋后，为庆祝胜利而举办盛宴，进行欢庆时歌颂英雄美德、赞颂美好幸福生活。如《希林嘎拉珠巴特尔》的尾声唱道[2]：

---

① 荣苏赫，等．蒙古族文学史：第一卷［M］．呼和浩特：内蒙古人民出版社，2000：245.

② 荣苏赫，等．蒙古族文学史：第一卷［M］．呼和浩特：内蒙古人民出版社，2000：226.

天空露出笑颜，
大地普降甘露，
世间万物苏醒。
把蛮横的蟒古思消除，
天鹅般的姑娘得到拯救，
英雄和意中人终成眷属。
回到花一样的草原，
举行盛大庆典，
回到出生的故乡，
摆开欢乐的酒宴。
让牛马驼羊牲畜，
布满山川草原自由生长，
愿富裕美好的幸福生活，
永世长存万寿无疆！

尾声为中短篇英雄史诗故事的结构布局、人物形象、语言优美起到提升作用，整体风格厚重、古朴，充满美好的愿景。

（四）文本形态

蒙古英雄史诗是一种民间表演艺术，从民间口头流传方式发展而来。文本的概念，从口头诗学的角度讲，它不同于传统文学和语言学中的定义，而是在此基准上赋予口头诗学的意义。朝戈金教授谈到史诗文本具有两种含义，“一为它可以是书面的显性的，也可以是口头的声音的；二为它是表演中的创作”①。口传史诗文本超越了文本的范畴，它是在不断地“创作—表演—流布—再创作—再表演”的过程中产生、变动和发展，在这一过程中，口头学习、口头创作、口头传递重合在一起。在蒙古英雄史诗的创作与传承过程中，出现了形态复杂多样的文本，不同的文本形式都是将口传史诗的声音“文本化”后转为文字变成文档的结果，是将声音“固化”了，从另一个角度理解，这种固化反而又以另一种方式扩大了“声音”的传播范围，可以永久保存。

在文本类型的划分上，有学者将其分为五种类型，即“转述本、口述记录本、手抄本、现场录音整理本、印刷本”②。转述本是整理者或是研究者根据表演者的意思进行转述后形成的文本形式。史诗《江格尔》最初就是通过转述本的形式完成的。转述本的完整性和准确性程度不高，但转述本同时也提供了除史诗具体内容之外的信息，同样具有宝贵价值。口述记录本是研究者在表演者的表演过程中与其同步记录下来的文本。这种边说边记的方式同样存在一些问题，但从历史研究的角度看，这一类型的文本起到了重要作用，很多史诗都是通过这样的方式保存下来的。手抄本是以书面文字的形式抄写流传的史诗文本，而手抄本受抄写本子的艺人或是文人自身文化程度和文学素养的影响较大，不同版本的手抄本会因抄写者的理解而产生不同的含义。现场录音整理本是采用现代录音录像的形式，在艺人表演过程中用其记录后，再进行

---

① 朝戈金．口传史诗文本的类型——以蒙古史诗为例［J］．民族文学研究，2000（4）：58.

② 朝戈金．口传史诗文本的类型——以蒙古史诗为例［J］．民族文学研究，2000（4）：62.

整理的本子形式。这一方式是在史诗记录中较为便捷、实用、普遍、可靠性高的一种方式，可保存大量“活态”的表演，但同样面临难以解决的问题，如影音文件的存储、影音到文字的转换等。印刷本是将转化后的史诗文字进行印刷，大量复制史诗文本的方式，对史诗的学术研究提供文学读本和研究资料。以上这五种类型的文本形式，从口述和书写的角度理解，可归为“口述—书写”的形式，有转述本、口述记录本、现场录音整理本；“书写—书写”的形式，有手抄本和印刷本。[①] 所有的文本都是对口述的文字记录，在口头诗学的研究中，文本不仅是书面形式，也是含有声音的口头形式。

（五）音乐特征

从音乐构成要素的角度理解蒙古英雄史诗传唱、表演的音乐风格，可分析其音乐背后所传递的蒙古民族的历史与文化。对于蒙古英雄史诗的说唱艺人来讲，他们在演唱史诗时，主要是掌握曲调框架而不是曲调本身，因为在传统的口传音乐中，无数个曲调都可以从一个曲调框架中衍生出来，艺人们只要掌握了曲调框架，就可以根据故事内容、说唱需要进行转变，一边唱一边调整，达到丰富音乐效果的目的。在博特乐图撰写的《论曲调框架》一文中，将曲调框架理解为“一种结构，是理解口传音乐的思维方式，是音乐建构的一种手法，是隐藏在曲调之后的具有抽象意义的实体。在口头表演过程中，曲调框架与演唱的主题或故事相结合，生成歌，而同一个曲调框架可以与不同主题相关联形成不同

① 博特乐图，哈斯巴特尔．蒙古英雄史诗音乐研究［M］．北京：中国社会科学出版社，2012：59.

的歌"[①]。如在史诗艺人布仁出古拉说唱的《宝迪嘎拉巴可汗》中，演唱时长为十二小时，其中只有三个曲调框架，在保持基本曲调框架的基础上，每一个具体演唱过程中，曲调变化非常大，随着唱词、故事情节、情绪变化等因素的变化而不断变化。这也是口传音乐的特征，概括来讲，即"一个曲调框架、一个核心音乐思维、一个基本结构，由表演展示出不同的丰富多彩的演唱形式"[②]。根据博特乐图老师归纳的史诗音乐的体式特征，总结蒙古英雄史诗的曲调，可分为以下五种类型。

1. "体裁"曲调

这类曲调的特点是在一个或多个曲调框架的特定基础上反复地重叠唱，根据唱词、音调、节奏布局的变化来调整曲调。如由齐宝德说唱的《铁木儿森德勒把秃儿》，博特乐图记录的曲调谱子[③]。在这一曲谱中，曲调是由对仗式的两个短小乐句构成并反复叠唱而成。这个曲调用来描述特定人物的行为以及其他场景。除此之外，还有其他三个曲调，共同构成了演唱《铁木儿森德勒把秃儿》的基本曲调。这一例子中的曲调是在说明体裁，而不是专指某一个具体的故事作品。可以这样理解，这些曲调不是某一作品的曲调，它是可用于不同作品中的"体裁曲调"。

2. "作品"曲调

这类曲调的特点是专指某一个特定作品，在此作品中具有特定音乐曲调的形式。也可以这么理解，即某一部特定作品是在一个或多个特定

① 博特乐图．论曲调框架［J］．内蒙古大学艺术学院学报，2007（2）：32.

② 博特乐图，哈斯巴特尔．蒙古英雄史诗音乐研究［M］．北京：中国社会科学出版社，2012：72.

③ 博特乐图，哈斯巴特尔．蒙古英雄史诗音乐研究［M］．北京：中国社会科学出版社，2012：73.

曲调框架中进行的演唱。在艺人说唱的作品中，有时候将整部史诗都用一个曲调框架进行演唱，体现作品曲调的独特性。

3.“场景”曲调

这类曲调属于新的史诗曲调体系，它的特点是根据不同的主题场景来设定曲调，曲调与场景相结合，形成强化关系。特定场景匹配特定曲调。这些曲调主要应用在史诗的新形式乌力格尔中。

4.“主题类”曲调

这类曲调是科尔沁史诗的典型曲调，它的特点是根据不同的主题类别具有不同的曲调形式，有时曲调还会表达多个主题风格。一个曲调与多个主题相结合，表达不同的故事内容与情节，这个曲调在蟒古思故事的演唱中普遍存在。总的来说，这一类型的曲调是在“有限的曲调框架内有了无限的表现方式”，“史诗音乐曲调将众多史诗主题中的相似主题结合起来，以此来保证整体体裁风格的统一性”。[①]

5.“演唱者”曲调

不同的史诗艺人对史诗的演唱曲调风格各不相同，他们根据自己的演唱习惯对不同的作品进行曲调上的变化，即使同一部作品经不同艺人演唱，也都会产生不同的音乐曲调。艺人们根据自己特定的曲调将其运用到一部或多部作品中进行反复使用。这里体现的曲调特征具有演唱者自身独特的特点。如选取自敖德斯尔演唱和布日亚演唱的《汗青克勒》史诗，敖德斯尔演唱的版本由才仁巴力记词、宫日格玛记谱，布日亚演

① 博特乐图，哈斯巴特尔．蒙古英雄史诗音乐研究［M］．北京：中国社会科学出版社，2012：84.

唱的版本由博特乐图记谱。[①] 同一部史诗作品，不同的艺人演唱，曲调完全不同。艺人们有着自己特定的应用曲调，根据自己的曲调习惯，在演唱不同作品时，会融入自己的曲调习惯，从而导致音乐曲调会因艺人不同而不同的情况出现。

二、主要作品中的故事内容和人物形象

从类型上看，蒙古英雄史诗被分为“短篇史诗”“中篇史诗”和“长篇史诗”；从结构上看，蒙古英雄史诗被分为“单篇型史诗”“串联复合型史诗”和“并列复合型史诗”；从形态上看，蒙古英雄史诗被分为“原生态史诗”“变异史诗”和“再生史诗”；从发展时期上看，蒙古英雄史诗被分为“远古史诗”和“中古史诗”。但无论是哪种形式和类型的史诗，都不是独立存在的，均与当时当地当下的社会文化环境有关。以下将选取不同类型的史诗进行故事情节、人物形象、结构类型的分析，从史诗内容中了解史诗背后的历史与文化，挖掘民族历史文化的价值与教育意义。选取以下类型史诗的依据主要有：一是从原生态史诗和变异史诗的角度考虑，选取了传统史诗中的中短篇史诗《红色勇士谷诺干》以及变化后的新样态史诗《青史演义》的乌力格尔说书曲目；二是这两篇故事具有结构清晰、故事内容丰富、代表性强、民族特色明显等特点。蒙古英雄史诗种类众多，选取角度只限于本研究问题考虑，进行内容对比，不存在特殊限定。

---

① 纳·才仁巴力搜集整理．英雄黑旋风（蒙古版）［M］．呼和浩特：内蒙古文化出版社，1989：454.

（一）传统史诗演唱曲目

以《红色勇士古诺干》为例，这是一部蒙古族英雄叙事诗，流传于内蒙古呼伦贝尔一带，由甘珠尔扎布收集整理，胡尔查翻译。故事中的谷诺干是一名疾恶如仇、关怀民众疾苦、深受部落族群爱戴的年轻勇士。

1. 序诗

在序诗中介绍了人物出场时的环境，起到渲染的作用，为勇士出场故事的展开做了铺垫。

巍峨的昆仑山，只有土丘那么矮的时候，
汹涝的须弥海，只有水潭那么浅的时候，
当天空的太阳，只有星星那么小的时候，
当水鸭和天鹅，只有联珠那么大的时候，
有一个威震西北方的好汉，
他的名字叫——“红色勇士”谷诺干。

2. 正篇

（1）主要人物介绍

勇士

勇士谷诺干心地善良，时刻关怀人们的痛痒，
他经常出外挨门拜访，为人民甘愿赴汤蹈火，
他具有惊人的臂力，他具有超人的智慧。

（家人及伙伴）

他的同胞豪迈刚毅，他的部族英勇无比，

他的母亲慈祥善良，他的父亲知情达理。

他的家乡富饶美丽，他的牧场无边无际，

他的家禽漫山遍野，他的五畜成群结队。

勇士的妻子

她的外貌像太阳一样光辉，她的腰身窈窕而又健美。

她的眼睛像一洼湛蓝的清水，她的眉毛扁黑而又秀美。

她的举止像檀香似的文雅，她的步态像松树般的潇洒。

从她走过的路上，放射出耀眼的彩光。

这位扬名天下的红色勇士啊，就有着这样一位出色的爱妻。

在此介绍了勇士的形象、品性、智慧、力气以及勇士妻子、父母、朋友的情况，除此之外作为反面角色的蟒古思会在故事开始时一并介绍。在史诗开篇都会介绍与勇士相关的基本情况及人物形象。

（2）宫帐、骏马的介绍

宫帐

金镀的屋顶，银包的围墙，

水晶的房柱，珊瑚的属桩。

南门上守着羚羊，西门上守着驯鹿，

北门上守着雄狮，东门上守着猛虎。

他的宫廷瑰丽而威严，凶禽猛兽不敢触犯。

骏马

红色勇士谷诺干，还有一个忠实的伙伴，
它伴随他奔赴战场，它陪着他猎狩虎狼，
绰号叫“飞腿黄羊”，身躯有四十尺，耳朵有四掌长。
它是一匹沙栗色的战马，在万匹属群中它数第一。
它的尾巴像哈达一样蓬松，它的长鬃倒向一边直垂到地。
从前头简单一看，你以为是一座沙丘，
你要是看到它的胸脯，才能分辨出它原来是一匹骏马。
从后边简单一望，你以为是一堵城墙，
你要是看到它的后胯，才能分辨出它原来是一匹骏马。
从旁边简单一看，你以为是一座高山，
你要是看到它的鼻子和嘴巴，才能分辨出它原来是一匹骏马。
从高空往下一望，你以为是屹立的山崖，
你要是看到它的长鬃和脊背，才能分辨出它原来是一匹骏马。

（3）征战主题

蟒古思兴起了漫天的风沙，
聚起了遮天盖日的黑云，
眨眼之间就到达了，
勇士谷诺干的宫廷，

他悄悄地溜进了宫门，

顺手点起了火把，

想要烧毁华丽的宫廷，

被人及时发觉，

众人喊叫纷纷扑来，吓得慌忙逃掉。

……

勇士转身挎上坚固的弓箭，带上神奇锋利的宝剑。

跨上宝驹，属上加鞭，披星戴月，跟踪追赶。

……

勇士谷诺干举剑迎住，双方搏斗，

每一座山顶，每一条山谷，每一道河湾，

都罩上了黑雾，腾起了战斗的尘土。

征战主题的故事内容主要是由蟒古思的入侵，抢夺勇士的领土、妻子、子民等缘由引起的战斗。在战争中，运用大量修辞手法夸张地描述战争场景、斗争过程。目的是说明勇士的英勇、智谋、果敢以及无限的战斗力。场景渲染形象、神幻、夸张。

3. 尾声

勇士和他那美丽的夫人，

同驾骏马返回宫廷。

谷诺干战胜了仇敌，

荣获了“无敌英雄”的称誉。

为庆贺勇士凯旋，

举行了盛大酒宴，

男女老少尽情地狂欢。

从此民众永享安乐，

英雄的事迹古今流传。

蒙古英雄史诗的结尾都是以勇士的凯旋、举行盛大庆祝的大团圆结局。目的在于以史诗内容的形式表达当时人民群众的美好心愿，祈盼幸福与和平。

（二）新样态史诗说唱曲目

蒙古英雄史诗经历了发展、演变与衰落，后又经与其他文化的交流交融，在原有传统史诗的基础上发生了变化，产生了史诗新样式，又有学者将其称为变异史诗。其中，科尔沁史诗被称为变异史诗，在此形式下产生的蟒古思故事和本子故事（乌力格尔）被称为新样式的代表。蒙古族民众通过本子故事，尤其是历史题材的本子故事了解各朝代历史，了解汉族文化，这些内容是蒙古族民众历史知识教育的重要部分。但在这些历史题材的本子故事中存在着一个严重的空缺，那就是元朝历史，这段历史一直是历史题材本子故事的空白。李福清院士也谈道："在东蒙古说书艺人的保留曲目中，有个天然形成个空白，那就是蒙古人建立的元朝的历史故事。"① 而弥补这一空白的是蒙古族文学家、思

① （俄）李福清，陈周昌．汉文古小说论衡［M］．南京：江苏古籍出版社，1992：219.

想家尹湛纳希，他撰写的历史小说《青史演义》又名《大元盛世青史演义》，约八十万字，描述了成吉思汗及其祖先不断征战的英雄业绩，展现了十二三世纪的社会背景下蒙古草原、蒙古人统一建立政权的历史风貌。根据这部历史小说而改编的本子故事是目前仅有的一部用乌力格尔的艺术形式讲述元朝成吉思汗时期历史的本子故事。这部小说对于了解蒙古族历史与文化具有重大史学价值，故事内容中的一些情节与史实相符，具有一定的学术研究价值。

该曲目叙述的是从成吉思汗诞生到窝阔台即位期间发生的重要历史故事。现存《青史演义》共69章。前59章描述的是成吉思汗及其祖先的历史，后10章写的是窝阔台即位后的历史。故事着重刻画了成吉思汗一生金戈铁马，统一蒙古各部，逐鹿草原，平息战祸，使人民得以安心生活，生产力得以发展，促进了蒙古民族的社会进步。同时塑造了木合黎、索伦高娃、洪吉尔珠兰、月亮公主等众多英雄形象。《青史演义》是乌力格尔艺人传唱的重要曲目。最为擅长演唱该曲目的说书艺人——扎那，他说唱的版本被转译为许多手抄本，演唱的篇目根据英雄史诗的演唱风格做了重大调整，划分了十七章。曲目讲述的是成吉思汗从诞生到统一蒙古各部落的历史。这一类型的本子故事，依据小说等文学体裁进行改编，故事内容有史实依据，但又做了重大调整，融入了更多情感色彩。蒙古英雄史诗与本子故事有一些不同，但从史诗结构的角度看，还是延续了史诗结构，如英雄诞生时的场景渲染、征战主题、婚姻主题、胜利的大团圆结局。两种类型的史诗在母题结构以及顺序上大体一致。所以说，本子故事是英雄史诗的延续，也是新样式，继承了史诗基本结构、内容形式，融入了其他民族历史文化及文学作品，并在此基础上进行了曲调、内容的调整与变化。

三、蒙古英雄史诗的表演形式

蒙古英雄史诗作为一种故事的表演艺术，通过艺人的口头表演将故事内容变成表演文本。“故事—表演—文本”是一个完整的艺术系统。从艺术形式的角度看，蒙古英雄史诗的表演是一种特定的演述和交流形式，它由艺人与受众群体的互动所构成；从表演性质上看，蒙古英雄史诗是一种口头表演艺术形式；从情节结构上看，蒙古英雄史诗存在于特定历史环境以及特定语境背景中。[①] 因此，蒙古英雄史诗的表演形式可从表演主体、表演语境、表演行为三个层面把握并进行分析。

（一）蒙古英雄史诗的表演主体

表演主体包括表演过程中的表演者以及观众。表演理论代表人物鲍曼对“表演”有这样的认识：“表演是一种以口头语言进行交流的模式，表演者在表演过程中承担着对观赏者展示自己艺术能力的责任。这种能力依赖于用社会所认可的方式来表达的才干。表演对于表演者不仅仅展示的是文化交流内容，更是一种需要承担的责任；表演对于观赏者是一种对表演者能力、技巧、方式进行品评的对象。”[②] 那么，对于蒙古英雄史诗来说，表演由史诗说唱艺人和观赏史诗艺术的观众之间的互动所构成。

史诗说唱艺人既要具备技艺层面上的条件，还要具备在观众面前表

---

① 博特乐图，哈斯巴特尔．蒙古英雄史诗音乐研究［M］．北京：中国社会科学出版社，2012：137.

② 杨利慧．表演理论与民间叙事研究［J］．民俗研究，2004（1）：34.

演的基本条件。可以说，艺人的职业意义不是孤立的，而是在艺人与观众的相互关系中被赋予的含义。因此，艺人和观众是相互依存的整体，是表演过程中的两个行为主体。在史诗的演奏过程中，艺人同时扮演着多个角色，既是讲述者又是表演者还是伴奏者，均由艺人自己完成，即一人一琴，有说有唱有伴奏，进行史诗说唱表演。相对于艺人，观众是表演行为的另一方面，他们具有群体性。作为观演群体，他们也是表演中的主体，会对艺人的演述技艺、演奏技艺进行评判，影响艺人的表演过程。

（二）蒙古英雄史诗的表演语境

语境赋予表演以及音乐以意义、功能以及形式的、个人的、社会的、文化的因素，是表演得以顺利完成的环境因素，是生成意义的条件。英雄史诗的表演语境可分为社会语境和民俗语境。社会语境是史诗艺术生存所依赖的社会环境和文化环境；民俗语境是史诗进行活动的生活情景。前者又被称为宏观语境，是一个相对静态的结构，为表演的顺利进行提供准则、规范和类别模型，促使每场表演依据传统习惯进行；后者又被称为微观语境，是每次表演所独有的场域和情景，它在每一次表演中都不同，它包括场面布局、道具摆放、人员构成等因素。[①] 对于表演过程来说，社会语境是表演所要遵照的准则标准，具有整合力量；民俗语境使表演具有独特过程和结果，具有分散力量。这两种力量共同牵引着表演的顺利进行。

① 博特乐图，哈斯巴特尔. 蒙古英雄史诗音乐研究［M］. 北京：中国社会科学出版社，2012：140.

经验丰富的艺人，往往会根据表演现场的气氛、场景、观众的反应及时调整自己的表演，满足观众需要。这会导致文本有长有短，故事情节有松有紧、跌宕起伏，这是艺人与观众互动的结果。互动的效果不同，每一次的表演都会不同，而每一次的表演只能通过当时当地的表演语境来观察。微观语境使表演展现个性特征，宏观语境使表演体现着模式化的共性。

（三）蒙古英雄史诗的表演行为

蒙古英雄史诗的表演行为包括演唱讲述和表演。史诗表演的基本目的是将史诗内容唱给观众听。但是除了讲唱故事外，表演也是一种特定的人际交流方式。表演行为是一种程式化的行为，但这一基本程式又时时处于变化之中，呈现形式多种多样。蒙古英雄史诗演唱的基本程式有选曲、准备、开场、演述、间歇、结束、答谢等环节。艺人在选择演唱的曲目时要考虑说唱的内容、象征含义以及说唱时间与表演场合的关系。表演的准备阶段涉及表演场地的布置、观众入座、艺人准备等内容。史诗故事内容丰富、情节跌宕起伏，无论短篇、中篇还是长篇史诗的说唱，都需要多场次、连续性演出才能将完整的史诗故事说唱完成。因此，开场环节涉及总开场和小开场两种，总开场是指在一部史诗说唱开始时的开场；小开场是指每天演唱时的开场。演述是史诗表演的重要环节，处于核心地位，它涉及直奔主题和先铺垫再进入主题两种形式，第一种开场直接进入主题是比较普遍的演述形式。结尾环节也十分重要，艺人要从讲述故事转向民俗象征上，即故事的升华阶段，体现史诗文化、蕴含精神价值部分，最后还要唱一段祝福的话给观众，表达谢意和谦虚。蒙古英雄史诗的表演行为还涉及在表演过程中所使用的语言和乐器，这是通过声音符号进行交流的行为。声音符号分为言语部分和音乐部分，而音乐部分又包括唱腔和伴奏两种。除了在表演过程中所使用的正式用语外，还有一些副语言，所谓的副语言就是非语言现象，如表演过程中所使用的眼神、表情、动作等。在具体的说唱表演行为中，正式语言、非语言和音乐、乐器等因素之间相互协作，共同完成表演。

第三章

蒙古英雄史诗对民族发展的文化价值与教育意义

> “史诗是一个丰富的文化藏储库，它具有表达认同与沟通的功用，可作为文化群体自我辨识的寄托，能够在不同人群、民族和国家中创造整体意识。”①
>
> ——劳里·航柯

在长期的历史发展进程中，文化知识不断积累，渐渐渗透到人们的日常生活中，内化到人们的思想意识与行为中，成为特定群体的普遍文化认同与自觉遵守的行为规范。这种文化传统是历史沉淀的产物，在民众的社会生活中发挥着潜移默化的作用，具有内生性、稳定性和持久性等特点，直接影响着制度的变革、社会的进化和民族的发展。特别是民族史诗具有在特定人群内建构和表达认同的功能，它的意义超越了史诗叙事词语所表达的直接信息，与超越史诗文本表述中的群体认同、社会价值、行为规范等意蕴有关。② 蒙古英雄史诗亦是如此，它是蒙古民族

① （芬兰）劳里·航柯．史诗与认同表达［J］．孟慧英，译．民族文学研究，2001（2）：89.

② 朝戈金，冯文开．史诗认同功能论析［J］．民俗研究，2012（5）：5.

形成、演变和发展过程中社会现实生活的文学体现，反映了民众博大的胸怀和远大的理想，艺人的思想境界和艺术成就，民族的心理特征和思想精华，具有重大的文化价值和教育意义。

一、共生发展：民族文化传承与民族文化教育

哲学层面的“共生”指代较广，“泛指事物间或各单元间形成的一种和谐统一、相互促进、共生共荣的命运关系”①，这就是人们平常所理解的多元共存、异类同生、互利共生的状态。事物普遍存在的共生状态所表现的特征有：“本原性，即任何事物或单元都不是绝对孤立的，都存在一种联系，在一种关系中这就是共生；自组织性，即共生过程是一种自组织过程，单元间存在必然联系，使之联结成为共生体，并按照内在要求形成共生模式，促进共同发展；共进性，即各单元体之间共同进化、共同适应、共同发展的状态；开放性，即共生是有层级关系的，低层是起源，是高层发展的基础，高层是低层的进化阶层，层层相系，相互竟存，层级关系决定了共生方式，非封闭性是一种开放式的系统；可塑性，即按照共生的规律、原则，共生关系是可塑的可构建的。”②在民族发展与民族文化之间也存在共生关系，强调相互交流、兼容并包的状态。首先，对于多民族国家而言，各民族间和谐稳定，不断进步，民族发展要吸收容纳先进事物，面向多元化发展；其次，对于民族文化的发展而言，既要继承优秀传统文化又要依据现代化发展进行创造性转

① 李思强．共生构建说论纲［M］．北京：中国社会科学出版社，2004：135.

② 李思强．共生构建说论纲［M］．北京：中国社会科学出版社，2004：136.

化，是民族文化、传统文化与现代文化的相融共生；最后，对于民族教育而言，是化解文化冲突，推动民族发展，传承民族文化，强化和谐共生的必然选择。

（一）共生是各民族间和谐稳定的发展势态

不同事物间的共生是在事物内部各要素间以及事物与外部环境间所具有的差异的基础上，相互合作、相互竞争、共同发展的过程。事物间的合作竞争，体现的是共生的互动性。任何事物都存在着内部各要素、内部与外部间的互动作用，存在着要素、结构、部分与整体间的互动作用，存在着整体与外部环境间的互动作用。不同事物间的互动性，是推动事物共生的动力源泉，事物内部、事物内部与外部间、事物与环境间只有通过正向的合作竞争的良性互动，才能在相同或不同的时间和空间条件下，实现与形成更多新事物的共生过程。

我国是统一的多民族国家，各族先民胼手胝足、披荆斩棘，共同书写了中华民族悠久的历史，共同创造了中华民族灿烂的文化，共同培育了中华民族伟大的精神。各民族间和谐发展，关系到民族团结、社会稳定、国家繁荣的发展重任。民族和谐发展是民族内部各要素间、各少数民族间以及民族与外部各要素之间的全面协调发展。民族和谐发展是从长远的、持续的、整体的、全面的角度，强调和谐共生，即各少数民族自身的全面发展、各少数民族间的共同发展、民族与自然的协调发展、中华民族共同体的稳固发展。各少数民族自身的全面发展是对于当前少数民族自身发展中经济、文化、教育、卫生、保障体系等方面而言，要注重各方面协调发展，不能过于追求单方利益而忽视其他方面。少数民族的全面发展是提升民族群众政治文化生活水平，提升民族群众整体素养，达到民族结构优化；少数民族间的共存互惠、和谐发展是基于我们国家作为统一的多民族国家的国情，各民族在其发展过程中，都会经历与其他民族间的联系、促进、交往的相互关系，民族间只有在平等的社会关系下，彼此的交流联系才会增多，这样方能使各民族在互动合作过程中得到共同发展；民族的发展离不开自然界、自然资源和环境条件，对自然资源的合理利用，有助于民族的可持续发展，反之，过度或不合理的利用将会产生严重后果，注重民族与自然的协调发展，有助于实现民族代代延续，维持生态平衡以及民族与自然的永久共生；各民族像石榴子一样紧紧拥抱在一起，推动中华民族走向包容性更强、凝聚力更大的命运共同体。中华民族是一个命运共同体，一荣俱荣、一损俱损。各民族只有把自己的命运同中华民族的命运紧紧连接在一起，才会有前途，才会有希望。坚持共同团结奋斗、共同繁荣发展，我们就能实现全国各族人民同心同德、同心同向，形成勇往直前、无坚不摧的强大力量。作为统一多民族群体中的一员，蒙古族是草原民族的代表，它的发展对实现民族团结、社会稳定、国家繁荣富强具有重要影响。而国家和平稳定、民族间和谐友爱是推动蒙古族进步的保障。

（二）共生是民族文化多元发展的文化形态

不同事物间的共生，是通过事物内部与外部环境间的相互作用，以及将这一相互作用力应用在同一事物的演化过程中，通过不断转化完成的。事物共生的相互转化具体表现为一种渗透作用。事物间相互渗透、共同作用，双方才能稳定生存与发展。将共生思想应用到文化领域，可逐渐演变成为一种文化共生理念，该理念强调传统文化、现代文化、少数民族文化的异质共存、交流合作、兼容并包、共同进化、传承创新的文化形态，体现的特点是尊重多样性、突出互补性、不可逆转性和注重时代性。“共生作为一种自然进化的事实，它是事物发展的规律，还是人类的理性逻辑思维，也是人类价值的目的，具有事实性与价值性的统一，目的性和规律性的统一。”[①] 在民族文化的发展过程中，共生作为一种内在张力，有助于满足族群与个体的内在发展需要，有助于丰富民族文化内涵，有助于强化民族文化特质，为族群与个体发展目标的实现提供内在动力。

不同的民族因其居住地域、自然环境、社会环境、生态环境的不同而形成了不同的民族特征以及各自不同的文化。民族文化作为一个民族生活方式的总和，在它的历史发展进程中，有其存在的根本和前进的动力。为实现民族文化自身的发展，需不同文化间相互影响，相互吸取各自文化的精华，只有当民族文化自身的各要素间以及各民族文化间的关系达到共融共生的状态时，民族文化才能得到有效提升和创造性发展，才能发挥其文化功能，实现其文化价值。近些年，随着外来文化的冲击，主流文化的宣传发展，民族地区现代化进程的需要，那些表征民族特点、体现民族特色的民族文化，逐渐反映出被同化或被消融的趋势，导致民族文化的发展与传承面临考验。在当今现代化与多元化发展的环境背景下，民族发展需要现代方式，需要多样化发展，而这种发展并不是以牺牲民族文化为代价，并非相互排斥和相互取代，相反，它们相互转化、相互渗透，是相融的关系，从本质上说，这种发展趋势还会促进交互、交流与交织，呈现出多样化特点。本民族文化与其他民族文化如

---

① 张永缜．共生理念的哲学维度考察［J］．辽宁师范大学学报（社会科学版），2009，32（5）：18.

共生的物种一样，相互关联、相互影响，在这一过程中，双方发展成为共生关系，求同存异、共同发展，能够产生出新的文化类型和文化产品。在蒙古族文化中，蒙古英雄史诗的新样态，这一变化了的史诗是体现民族融合、创新发展的最典型的文化产物。它融合了汉族文化，并通过蒙古族传统表演形式将其带入蒙古族地区，且深受蒙古族群众喜爱。文化融合使蒙古族群众既了解了外来文化又加深了对本民族文化的认知程度，同时，促进了民族地区经济文化的发展，增进了民族间的交流与融合，强化了民族的开放与包容，为民族团结、国家稳定提供了良好基础。

（三）民族教育强化民族发展与民族文化的共生共荣

事物间的共生通过互动和渗透走向融合与完善，达到事物间的互利互惠。事物间的互利性是推动事物形成共生的核心动力，可使事物逐步达到更加有序的客观状态，是走向新秩序的客观依据，是事物共生可持续发展的关键所在。而在民族发展与民族文化间也反映着共生的互动性、渗透性和互利性的特点。民族文化具有习得性、地域性、时代性等特点。民族文化的地域性是保持少数民族文化的特色以及民族性的要求，也是维护民族的“根”；民族文化的时代性是强调少数民族文化要紧跟时代步伐，与时俱进，不断创新；民族文化的习得性注重民族教育的重要性，民族教育在民族文化的民族性和时代性间搭建了沟通的桥梁，通过教育所起到的桥梁作用，促进民族文化的多元共生，同时推动民族发展走向现代文明。

民族教育对于民族发展来讲，在现代社会发展中，教育被视为实现现代化推动社会进步的主要动力和重要条件。教育作为人才培养的重要依托，能够为经济发展、社会繁荣培养运用现代科技的高素质劳动者；教育作为传授科学与人文知识的主要途径，能够为社会发展提供科技支持；教育作为意识传播的基本方式，能够为社会发展创设相应的思想文化环境。教育对于推进少数民族地区现代化发展，提升民族群众生活水平，促进民族团结稳定及共同进步都具有重要意义。民族教育中传递着现代化教育思想，传达着经济发展理念，普及着民族民主观念，形成有利于现代化建设的共同理想、价值观念和道德规范，进而为社会建设以及形成强大的民族凝聚力提供有力支撑。针对少数民族地区对于现代化发展的迫切渴望，民族教育所发挥的传播现代知识、培养优秀人才、发展民族经济的作用，显得尤为重要。

民族教育对于民族文化来讲，各少数民族文化具有不同的文化特点，文化中含有风俗习惯、宗教信仰和生产生活方式等，是该民族存在以及体现主体性的标志；有其自身产生发展的历史，是该民族地理环境和社会环境下的实践产物；有其存在的合理性和客观依据，有其延续发展与变化的逻辑性，有必要受到尊重并对其传承和创新。而民族教育正是保护好、传承好民族文化之根的主要方式和重要途径。我国是由 56 个民族共同构成的多元统一体，文化资源丰富，形成了独特的多样化的民族文化。面对民族文化的多样性，保护、传承、发展民族文化是民族教育应有的文化责任和文化使命。民族教育在促进民族文化发展上，首先要以教育的方式让人们正确认识民族文化，尊重民族文化，坚持民族文化发展观，保持民族文化的特性；其次，教育具有选择、整理民族优秀文化的功能，通过文化选择实现民族文化的传承；最后，民族教育具有创新民族文化的功能，承担着民族文化多元发展与超越使命。[①] 因此，要保持民族文化的传统与现代性的鲜明特色，实现多元民族文化的繁荣共生，离不开民族教育的实施与保障。

民族教育对于民族发展与民族文化的共生关系来讲，任何一个民族的发展都离不开该民族的历史、社会、文化以及自然环境、社会环境和生态环境等方面，这是历史发展的必然结果。而民族的发展要充分考虑民族经济的发展、民族政治的发展以及民族文化的发展等方面，这几方面共同促进民族整体的发展。其中，民族文化作为促进民族发展的一个因素，二者相互适应、相互依存、相互影响，紧密联系在一起。民族文化的发展促进民族整体水平的提升，民族的进步又影响民族文化的现代化进程，教育在二者间起到桥梁中介的作用。教育作为文化的一部分，在文化传播、发扬、传承与创造上是最有效、最有力的方式，通过教育手段可以完成文化使命，提升民族存在与发展的凝聚力；可以引导民族文化发展由自在走向自觉，实现民族文化自身品质的提升以及由此带来的民族进步。教育的文化使命即促成民族群体对本民族文化的认同，进而强化对民族整体的认同，最终实现国家认同。教育引导走向文化自觉，在于教会学生学会反思，理性看待本民族文化，在情感上、地域上突破局限，弘扬本民族优秀文化，提升民族自豪感和归属感。[②] 总的来说，民族教育加速了民族文化的多样化发展，推动了民族发展水平的现代化进程，搭建了民族发展与民族文化间的桥梁，促进了民族发展与民族文化间的相融相生。

---

① 周鸿．西南民族现代化与文化变异［M］．成都：四川人民出版社，2002：408.

② 孙杰远．文化共生视域下民族教育发展走向［J］．教育研究，2011，32（12）：65.

二、文化价值：蒙古英雄史诗满足民族教育发展的文化需求

蒙古英雄史诗融合了神话、传说、祝赞词、民歌等元素，是无数民间说唱艺人集体创作出的一种重要的民间文学体裁。它代表着蒙古族民间文化的艺术成就，具有很高的文学价值、珍贵的史学价值和丰富的教育价值，而且对于研究蒙古民族的哲学思想、宗教信仰、伦理道德、风俗习惯等方面的内容具有不可忽视的研究价值。作为蒙古民族传统文化中最具代表性的文化成就，它所蕴含的文化价值主要表现在以下几方面。

（一）民族历史研究价值

蒙古英雄史诗作为历史的产物，见证了民族的发展，反映了当时的社会生活和历史事件，传递着丰富的文化信息，具有不可估量的历史价值。早期蒙古英雄史诗的内容是人与自然的矛盾以及民族部落间的战争，反映出人们对自然现象的认识和想象，试图征服自然的进取精神和顽强不屈的斗争意志。中晚期蒙古英雄史诗的故事内容随社会制度的变化而有了新内容，分为婚姻斗争型和征战型两类。婚姻斗争型史诗如《阿吉格特努克》《胡德尔阿尔泰汗》等，主要是对古代各氏族部落通过婚姻来建立军事联盟，达到加强和巩固自身实力的社会现实和思想意识的反映。征战型史诗如《江格尔》，除描述较复杂的社会斗争外，还增加了争夺财产的新内容，反映了封建统治阶级的特征，其中的争斗也具备了封建战争的性质。

史诗中描述的语句像一幅幅生动的图画，反映出封建社会百姓被剥

削被压迫，再现了割据混战给社会发展以及人民生活所带来的严重后果，深刻揭露了当时的封建势力。但是面对残酷的社会现实，民众并未失去信心，在史诗中还有表达民众美好愿望和理想的描述：

不知骚乱，处处安定，
没有孤寡，老幼康宁，
不知贫穷，家家富强。
盛夏像秋天一样凉爽，
隆冬跟春天一样温暖，
没有炎热的酷暑，
没有严寒的冬天，
时而微风习习，
时而细雨绵绵。

这种对社会状况、生活状态、气候条件的美好愿望，既是对社会现实的反映又是希望实现美好生活的体现，表达着打败敌人，稳定富足，走向和平、幸福生活的美好愿景。

总的来说，蒙古英雄史诗内容丰富，结构庞大，从不同角度反映了蒙古民族产生与发展过程中的社会生活面貌及人们丰富多彩的精神世界，是研究蒙古族历史的宝贵遗产，连接着过去、现在与未来，为后人研究民族历史保存了珍贵史料，更为民族发展提供了不可或缺的精神养料。

（二）民族艺术审美价值

蒙古英雄史诗是运用浪漫主义手法，采用优美动听的民族语言，借用神话、传说、赞词等素材和程式而形成的富有韵律的诗歌，也是一种通过艺术想象再现的口头文学作品。从英雄史诗的诗性结构上看，它有大胆的想象和虚构、夸张的比喻和修饰语、丰富的母体系列和情节框架，其间还插入一些简短的散文叙述，以此来展现史诗所反映的社会现实和民众愿望；从英雄史诗的人物形象上看，它通过多种艺术表现手法刻画鲜活而富有内涵的人物，而英雄人物是史诗中多方位、多层次描写的艺术形象，赋予英雄胆识、意志、智慧、武力、力气于一身，并将其摆在矛盾斗争中，在危险环境下与一切自然界和社会敌对势力做斗争，以此来表现其英雄性格和英雄气概；从英雄史诗的演唱艺术上看，它有自己的唱词、唱腔及旋律节奏，艺人在演奏中使用的伴奏乐器、表现出的情态声色和形体动作等都在展现史诗这门民族综合艺术，同时也反映着前人的审美观念和对美的追求。

蒙古英雄史诗的艺术表现手法精湛，文化内涵丰富，既是传统的民间民俗活动，亦是独特的民族诗学艺术，既能给人以美的启迪与美的享受，又能陶冶情操，丰富精神生活，具有极高的艺术审美价值。

（三）民族心理认同价值

芬兰史诗理论家劳里·航柯在史诗研究过程中谈道："史诗是一个丰富的文化藏储库，它具有表达认同与沟通的功用，可作为文化群体自我辨识的寄托，能够在不同人群、民族和国家中创造整体意识。”① 蒙古英雄史诗本身正是如此，它具有强化族群意识、表达民族认同、增强民族凝聚力的价值；它既是历史记忆的展现，又是民族文化的标识；它向人们讲述英雄故事，用英雄的精神鼓舞今天的人们，且代代相传，让人们在精神上有了寄托，在文化上有了认同。而且，在不同类型的蒙古英雄史诗中，英雄人物代表着人民的意愿，是民众理想的集合体，也是民族精神的化身，他们集力量与智慧于一身，为部落而战，具有较强的族群意识。“族群意识”随着英雄史诗的每一次传唱，渗透到民众中，在共同追忆民族起源及发展的同时，加深了对民族的认同。高度的民族认同能够团结和凝聚民族群体，强化其内聚力，可成为号召和激励民众的精神力量。

史诗中通过英雄们的誓言和行动，歌颂他们之间精诚团结、始终不渝的高贵品质，在每一次的战斗中，他们总是团结一致、互相配合，表现出保卫家乡的忠诚、统一团结的坚强力量以及大无畏的英雄主义精神。蒙古英雄史诗存在的价值，不仅在于英雄故事的艺术形式，更重要的是其所传递和承载着的民族精神面貌、情感态度以及价值观，特别是传承千百年的史诗已融入民众日常生活中，经反复传唱可教化、强化民族意识和民族归属感，建立起民众与民族历史对话的桥梁，从中获得民族自我辨识及民族认同感。

（四）民族文化教育价值

蒙古英雄史诗中含有民族信仰、民俗礼仪、社会伦理、道德规范等

---

① （芬兰）劳里·航柯．史诗与认同表达［J］．孟慧英，译．民族文学研究，2001（2）：89.

内容，这些内容是民族的象征，是宝贵的文化信息，是不可复制不可再生的。作为民族特色的智慧型成果和精神财富，蒙古英雄史诗具有十分重要的教育价值，特别是其中的生态伦理观、道德伦理观、生命伦理观和婚恋伦理观等，对当代教育更具有现实意义。史诗中反映的生态伦理观一方面受宗教信仰的影响，另一方面受当时认知条件的限制而积累的自然经验的影响，形成了对自然的尊重与敬畏，促使人与自然和谐相处，这也是蒙古民族作为一个草原游牧民族一直尊崇的人与自然间的生态基本理念。当下人们在感受史诗所传递的历史观念的同时，也应学习其中的思想内涵，去维系生态环境的平衡。道德观体现在史诗中英雄人物所具有的品格上，每一位英雄人物都具有正义、勇敢、乐观、淳朴、善良的品行，是蒙古族人民所称赞的理想人格典范，值得后人学习。生命观表现在征战型史诗中，受当时社会条件影响，英雄、勇士和普通民众为保卫美丽家园和神圣不可侵犯的土地随时准备着战斗，他们疾恶如仇，同仇敌忾，不惧危险，将生命价值升华为英雄主义，以及爱自己的民族、爱自己的部落、爱自己的国家的精神体现，这也是近现代以来少数民族爱国主义教育的文化史料，为当下青年人了解民族历史、民族文化、民族精神提供了良好的教育素材。婚恋观呈现在每一部婚姻型史诗中，为追寻爱情，英雄们不怕经受各种考验与磨炼，表现出渴望美好生活的情感追求与向往。

蒙古英雄史诗所蕴含的精神价值值得后人学习与延续，是极其珍贵的教育素材，可通过课堂内外的多种教育形式，让广大民众特别是年青一代了解民族文化，真切感受民族文化的精神领域，在优秀文化的熏陶下，提升民族团结意识，培养尊重自然、和谐共生的生态观，内化充满正能量的道德观，塑化积极向上、追求理想人格的生命观，育化具有专一、忠贞品质与情感的婚恋观。

三、教育意义：蒙古英雄史诗满足民族文化发展的教育需求

蒙古英雄史诗歌颂的是英雄主义，蕴含民族精神，内容中体现着对美好生活的希望以及对未来的向往，反映着乐观、积极、向上的人生态度。史诗中的文学内容、艺术表现、塑造的形象在很大程度上反映了蒙古社会的制度、经济、文化，体现了蒙古族文化中文学艺术性和思想性的极高水平。蒙古英雄史诗以它百科全书式的内容、永久性的艺术魅力成了蒙古族文化史上最宝贵的财富，是蒙古族传统文化的重要教材。那么，蒙古英雄史诗作为民族文化中史诗级的瑰宝，从文化传承发展的角度，有必要使其发挥民族文化的教育功能，展现民族文化魅力，促进民族团结与进步。同时，这也是落实与实现《非物质文化遗产教育宣言》的规定和要求的有效方式。

（一）满足民族地区文化生活需求

蒙古英雄史诗的艺术表现形式，是以曲艺说唱的方式进行文化传达的。早期蒙古族民众的日常文化生活中，欣赏史诗艺术成了他们打发闲暇时间的主要娱乐方式之一。随着社会的进步，民族的发展，人民生活水平不断提高，现代化和开放性特点凸显，越来越多的文化艺术娱乐方式涌入蒙古民众的生活中，民众对包括文艺作品在内的文化产品的质量、品位、风格等的要求也更高了。传统的民族文化艺术的发展受到冲击，愈加边缘化，成了只有重要节日、祭祀、庆典时才能看到的民俗表

演，从普遍化变成了特殊化。作为民族文化的精神资源，蒙古英雄史诗也很难避免外界文化对它的影响，导致蒙古族特色文化发展受阻，在民众生活中认知度和认可度不断下降，直接影响年青一代对民族历史文化的了解，以及民族认同感和归属感的形成。

民间文艺、群众文艺等各领域都要跟上时代发展的步伐，把握民众需求，以充沛的激情、生动的笔触、优美的旋律、感人的形象创作生产出民族群众喜闻乐见的优秀作品，让民族群众精神文化生活不断迈上新台阶。为此，加强蒙古英雄史诗的保护与传承有利于满足文化发展的需要，充实蒙古族群众的文化生活；有利于满足蒙古族群众的精神需求，丰富其生活娱乐方式，维持民族文化可持续发展。在蒙古英雄史诗的教育传承过程中，要结合时代发展发挥其文化优势服务广大民族群众，面对不同的教育群体，采取不同的教育方式，尤其是面向社会群体的社会教育服务，发挥社会教育的功用，完善社会教育的公共服务设施建设，来满足不同群体的文化需求，使其享有广泛的文化服务。这样就在满足民族群众文化生活需要的同时也为民族地区精神文化建设提供了支撑。

（二）培养青年民族文化认同感

少数民族文化具有鲜明的民族性、地域性和本真性等特点。在长期的历史发展过程中，民族群体逐渐形成共同的心理意识和情感体验，对本民族产生强烈的归属意愿，并逐渐形成内聚的民族凝聚力。民族文化认同是民族群体在对民族身份认同的基础上，对民族共同体中长期共同生活所形成的对本民族最有意义事物的肯定，其核心是对民族基本价值的认同，是凝结民族共同体的精神纽带，是延续民族共同体生命的精神基础。所以，民族文化认同强调认同的共性和由此形成的社会关系，其结构划分主要有三个方面：一是文化符号的认同，是指在实践活动中，人们对不同文化背景的实践过程及成果的物质形式、语言文字、生活事项等表现符号的态度倾向；二是文化身份的认同，是指在社会关系领域中，人们对不同文化群体的态度、评价、归属倾向、自我认同和情感依附，观测人们的群体文化自我概念、文化身份感，以及行为举止与目标群体规范的趋同程度；三是文化价值的认同，指在自我意识中，人们对特定文化群体的社会规范和文化价值观念的接纳程度。

在蒙古英雄史诗中，文化认同主要表现为对民族语言的认同和民族习俗的认同。[①] 通过教育的方式对蒙古英雄史诗进行传承，既可达到民族文化延续发展的目的，又有助于民族认同意识的培养。这是因为，在蒙古英雄史诗中所使用的语言，是蒙古族在特定文化背景下进行的模式化语言活动，是一种复合的文化现象，是以口语为主的语言形式，具有语言混杂、方言丰富和表达手法独特等特点。这种语言不仅是一种民族符号、文本用语，它更多的是在传达一种精神、一种意蕴；在蒙古英雄史诗的表现手法上，都表现出强烈的民族特性和地域特色，史诗中将人们的生活经验、思想观念、习俗等串联到各个故事中，故事中含有许多民俗现象，如不了解习俗内涵，将很难知道史诗所表达的真正意义。总的说来，对民族文化的认同感在很大程度上影响民族文化的创造以及民族的发展，而民族文化认同又是民族认同、国家认同的基础。因此，加强民族文化教育，传承民族文化意蕴，认同民族文化价值是民族文化发展的重要目标所在。

① 何红艳．科尔沁蒙古族叙事民歌挖掘与传承研究［M］．合肥：合肥工业大学出版社，2013：46.

（三）促进民族文化传承与转化

文化作为协调发展的重要内容，是推动高质量发展的重要支点，是满足人民美好生活需要的重要因素，是战胜各种风险的重要力量源泉。要不断发挥文化引领风尚、服务社会、推动发展的作用以及教育功能。要深入挖掘蒙古英雄史诗中蕴含的哲学思想、人文精神、价值理念、道德规范等，推动优秀的民族文化进行创造性转化和创新性发展，更要揭示其中的文化精神和文化胸怀，加强对民族历史文化的研究，传承和保护非物质文化遗产。

促进民族文化传承与创造性转化也是文化可持续发展的体现，它既要满足当代人的精神文化需求，又不能损害后代人对民族历史、民族文化的了解、认知和传承的权利与义务。达到民族文化的可持续性发展，需保护民族地区的文化资源，了解民族特色资源。民族文化具有稀缺性和脆弱性以及不同寻常的价值和意义，它如同其他自然资源一样，具有不可再生的特点。对于民族文化资源，要认识到它的珍贵就在于它的不可复制，一旦破坏便意味着永远失去。因此，民族文化资源是独特的、珍贵的，要保护好、传承好，使其能够可持续发展。蒙古英雄史诗作为蒙古民族文化资源的代表，是一个文化群体集体智慧的结晶，既可为民族文化的繁荣与发展提供更广阔的文化空间，为民族进步与发展提供更丰富的资源，又能满足人们了解蒙古族古代文明时期文化活动的需要以及现代文明时期教育、科研、创作的需要。它具有可持续发展的潜力，但又具有文化资源不可再生、不可替代和脆弱性的特点，具有独特的存在价值。当今时代，受到外界因素的影响，民族文化传承困境的问题急需解决，如果不能及时拯救、保护与传承，其完整性、真实性以及创造价值的能力就会受到影响。因此，对其进行科学的保护与有效的教育传承是历史赋予当代人的重大使命，也是实现民族文化资源可持续发展，对其进行创造性转化的内在要求。我们在认识到民族文化资源重要性的同时，更应提升自身保护与传承民族文化的自觉意识，并将这种自觉意识变成自觉的行动。

（四）铸牢中华民族共同体意识

我国各民族都是中华民族大家庭中的平等一员，它们共同构成了多元一体的中华民族命运共同体，因此我们要不断加强民族团结，增强文化认同，培养中华民族共同体意识。而蒙古英雄史诗，作为民族历史文化的重要成果，深入研究和挖掘史诗的具体内容和蕴含的精神，从中了解各民族交往、交流、交融的历史，有利于深化民族团结进步教育，铸牢中华民族共同体意识，弘扬民族精神，做积极的民族文化继承者、创新者、传播者。民族文化是民族集体智慧的象征，其内容源于民众生活，广泛流传于民族地区，深受民众喜爱，具有良好的群众基础。在民族文化的层次结构中，深层结构的心理意识、价值判断、审美态度、情感趋向构成了民族认同感和民族凝聚力的核心要素。[①] 在民族发展的长期历史积淀中，民族文化的核心要素通过民族意识的心理过程而形成，一旦形成就很难改变。与表层结构的特点比较而言，这些深层结构的意识观念具有相对稳定性和内隐性，并深存于一个民族的社会潜意识里，表露在民族情感中，外显在每一个民族

① 赵世林．论民族文化传承的本质［J］．北京大学学报（哲学社会科学版），2002（3）：14.

成员身上。在外力作用下，它会产生强化效应和负强化效应，也就是说，它既能促进民族团结、强化发展，也会成为一种阻碍力量，影响民族稳定。因此，对于深存于民族文化之中的心理结构要正确引导，民族文化传承中要注重这些要素和力量的传递。

从民族文化结构性上讲，传承与发展民族文化对于维护民族团结、和谐发展、社会稳定具有积极的促进作用。蒙古英雄史诗是研究民族发展史的重要参考资料，在蒙古英雄史诗的发展过程中，受社会环境的影响，逐渐产生的变化史诗，尤其是科尔沁史诗，在传统史诗的基础上结合了半牧半农地区社会历史，融入更多的汉族文化，进行了重新创编。在丰富民族地区民众生活的同时，它也将汉族文化传递到了民族地区，并受到了民族群众的喜爱，通过这一方式促进了蒙古民族对其他民族的了解，增进了相互间的民族交流，培养了民族情感。可以说，蒙古英雄史诗中的变化史诗是蒙古民族文化与汉族文化很好融合的典型，可作为民族团结教育的重要教材，向人们展示民族相互融合、相互交流、共同发展、和平共处的文化成果。由此可见，少数民族文化需要通过教育方式积极引导培养深层心理文化结构，维持其稳定性，促进民族内部团结；在保护与传承过程中，汲取先进文化观念和思维方式，充实民族文化内涵，实现民族间和谐稳定发展，铸牢中华民族共同体意识。

第四章

蒙古英雄史诗的文化生态模式及教育传承形式

> “对常规性不引人注意之事情的关注中，去发现人们如何在传承下来的秩序中建构个人的生活；在对习俗的历史变迁的梳理中去发现仪式如何规定着人的行为的文化图式，并让当事人的行为处于完全的不自觉之中；去揭示文化性的因素以何种方式找到新的体现方式，让当事人看到在自己漫不经心、习以为常的惯常行为和思想背后，有着怎样的文化历史渊源驱动。”①
>
> ——赫尔曼·鲍辛格

蒙古英雄史诗新样态——本子故事，又称乌力格尔，广泛流传于内蒙古东北部以及吉林前郭尔罗斯蒙古族自治县等地。学者们针对在概念上是使用“本子故事”还是“乌力格尔”提出了异议。有学者认为，“‘本子故事’这一称谓出自蒙古国学者宾·仁钦《伯帝莫日根汗征服西洲记》(1929) 一文和《蒙古族民间文学中的本子故事》(1959) 的学术报告”；还有专家认为，“‘本子故事’和‘乌力格尔’只是对同

① (德) 赫尔曼·鲍辛格. 技术世界中的民间文化 [M]. 卢晓辉，译. 桂林：广西师范大学出版社，2014：1.

一事物的两个不同时期的称谓或命名”①。本研究认为，相对于“本子故事”的概念而言，“乌力格尔”的称谓更适合我国民族文化发展的特点。因此，在以下的研究中，本书将统一采用乌力格尔的概念进行阐述。在近现代民间说唱艺术的发展过程中，乌力格尔不断吸收蒙古英雄史诗、祝赞词、好来宝、民歌、祭祀音乐以及汉族小说、说唱艺术的精华来充实和完善自己，成了具有代表性的蒙古民族口头说唱艺术，同时也是中华文化多元一体的典型例证。2006 年，乌力格尔被列入第一批国家级“口头与非物质文化遗产保护名录”中，受《中华人民共和国非物质文化遗产法》保护。国家对非物质文化遗产采取认定、记录、建档等措施予以保存，尤其对能够体现中华民族优秀传统文化中具有历史、文学、艺术、科学价值的非物质文化遗产采取传承和传播等措施予以保护，反映出这种文化遗产具有非常重要的历史价值与现实意义。乌力格尔作为一种口耳相传的传统文化，叙说着与民众息息相关的社会生活。在口头传承的“故事”中也能反映历史的真实性，但在本章并不探讨故事本身所反映的历史真实性问题，而是探讨口头传承的“故事”作为文化类别所流传的时空图式，它所影响的人们文化生态模式的变化。

一、蒙古英雄史诗文化生态的传统单一模式

文化圈是一种以族群为活动依托，具有地域性和传承性特征的文化

① 全福．“胡仁乌力格尔”研究评述［J］．内蒙古师范大学学报（哲学社会科学版），2013，45（4）：31.

生存形态。这个“圈”并不是一个绝对对称的圆圈，而是一个相对范围的区域，是一个包含过去、现在和地域、空间范围的区域。[①] 一个民族的文化是在相对的族群中以相对的内容和方式独立存在于一定范围之内，民族文化的生存，很大程度上取决于人们所结成的各种关系，如血缘、亲缘、自然和社会关系，它具有共时性和历时性的时空关系，是建立在历史、现实和族群之中的立体结构，这一结构构成了民族文化圈，而这一文化圈是圈中族群的一种认同方式，是内聚力的体现，同时也是文化形态的传承载体。蒙古英雄史诗是民族文化圈内真实且客观的存在，它的过去、变化后的现在都对人们的生活产生着深远影响。蒙古英雄史诗在相对稳定的文化圈内通过自身独特的表演方式、群众基础、传承模式来保持其内聚力和稳定性。传统蒙古英雄史诗长期处于一种单一的文化生态模式中，其表演方式、师徒传授方式、艺术传播方式均是传统的、单一的、简单的。

（一）艺术流派

作为蒙古英雄史诗变化后的代表，同时也是蒙汉文化相融合而产生的新型说唱艺术——乌力格尔，发展到现在，已经形成了多个流派，各个流派都有其自身的特色风格和艺术表现方式。一个群体发展成为艺术流派需得到民众的认可，师承关系至少两代以上，成员间在技艺上有相承性且具有广泛的民间影响力。在对乌力格尔说唱流派的分类上，有学者从说唱艺人的艺术特点方面将其分为经典派、传统派和革新派；从乌

① 陈华文．民俗文化学（新修）［M］．杭州：浙江工商大学出版社，2014：93.

力格尔艺术的表现特征上分为形容派、抒情派、哲理派和幽默派。[①] 不同流派间个性特征明显，都有自己独特的艺术特质。

通过对乌力格尔艺术家甘珠尔[②]老师的深度访谈了解到，内蒙古科尔沁草原地区乌力格尔艺术形成了“扎那、额尔敦珠日合艺术流派”“孟根高力陶、海宝艺术流派”“布仁巴雅尔、甘珠尔艺术流派”三大流派。各个流派的具体划分、艺术风格如下。

“扎那、额尔敦珠日合艺术流派”的特色是曲调优雅、语言干练，故事情节的表述中白话、对话不多。善于用吟唱、吟诵的形式，多引用谚语、成语、名言警句以及古今经典诗词来丰富乌力格尔的艺术表现，演唱风格充分体现了蒙古族民间艺术与汉族经典文化相融合的特点。扎那是这一流派的创始人，其徒弟希日布和额尔敦珠日合对这一流派的提升与发展做出了重要贡献，后人刚特木尔、韩福林、辛全喜、薛青山等人延续和传承了这一流派特色。

代表人物：扎那（1902—1986），蒙古族，内蒙古扎鲁特人。20 岁成为说唱艺人，他经常被邀请到各个旗县去演唱，每到一处，都会受到当地民众的赞誉与欢迎。1927 年，扎那被图什业图王府选拔为专职说

① 叁布拉诺日布，章虹．蒙古胡尔奇三百人［M］．哲里木盟文学艺术研究所内部资料，1989.

② 甘珠尔（1950—），著名胡尔奇、乌力格尔说唱艺人、民间艺术家，现为内蒙古兴安盟科右中旗文化局科尔沁文化研究室研究员、科右中旗乌力格尔艺术协会主席、内蒙古曲艺家协会名誉主席。青少年时期，因家庭贫困中途辍学，劳动之余，利用闲暇时间阅读蒙汉文书籍，学习乌力格尔艺术，先后拜著名说书艺人孟天宝、布仁巴雅尔为师，除了演唱众多乌力格尔作品外，还创作了颇受草原人民喜爱的新作品。在演唱特点上，继承了老师们的说唱风格，思维敏捷，即兴创作能力强，说唱故事时如行云流水，擅长对大自然景物进行描述，人物刻画活灵活现，曲调素雅恬淡，是一位深受民众喜爱的乌力格尔艺人。

唱艺人，从此便留在王府进行说书表演，长达 11 年之久。1938 年，因日寇入侵东北，时局动荡，扎那回乡避乱，直至解放。1948 年，扎那弃艺从医。到了 1958 年，扎鲁特旗举办蒙古族说唱艺人培训班，扎那被聘为指导老师。在培训期间，认真耐心地向学员讲解知识，传授技巧。在这段时间，扎那重回舞台，表演了多个作品，如《巴林王的铁青马》《五转》《三国演义》等。扎那的说唱特点是故事展开干净利落，紧扣故事发展高潮，语言优美，嗓音洪亮，书面语的道白如流水，诗句吟唱铿锵有力。后人评价他为“乌力格尔大师”，为蒙古族说唱艺术事业做出了突出贡献。[①]

叁布拉（1905—?），蒙古族，内蒙古原哲里木盟（现通辽市）扎鲁特旗毛道苏木人。幼年父母双亡，流离失所，食不果腹。从小喜爱蒙古族民歌，喜欢听乌力格尔。15 岁时拜西尼尼根为师苦学两年，从此便走上了说书道路成为说书艺人。1953 年，他参加了在原乌兰哈达（今赤峰市）召开的内蒙古东部地区第一次说书艺人大会，会议期间，创作了多部作品进行演唱，获得认可，荣获多种奖项。1963 年，应邀参加内蒙古自治区说书艺人大会，会议在呼和浩特举行，参会期间，创作演唱多部作品，荣获一等奖。1982 年，内蒙古社会科学院《格斯尔》整理办公室，搜集整理出版了他演唱的四十部《格斯尔传》，为此，他荣获全国收集《格斯尔传》个人优秀奖。他的演唱特点是语言流利，吐字清晰，嗓音洪亮，曲调优美，人物塑造丰满，有浓厚的生活气息，记忆力、创作力强，是一位出类拔萃的民间故事说唱家。[②]

---

① 叁布拉诺日布．蒙古族说书艺人小传［M］．沈阳：辽沈书社，1990：45.

② 叁布拉诺日布．蒙古族说书艺人小传［M］．沈阳：辽沈书社，1990：71.

额尔敦珠日合（1918—1984），蒙古族，内蒙古兴安盟科右中旗人。早年师从扎那，天赋条件好，学艺刻苦，年轻时便能演唱多部曲目，成为科尔沁草原上一颗令人瞩目的说唱明星。新中国成立后，额尔敦珠日合活跃在各个艺术实践活动中，致力于筹办说书馆，并成为当地说书馆中第一位专业说唱艺人。他对科尔沁地区的传统书（曲）目进行整理加工，并在各个盟市广播电台播送，在内蒙古自治区内外产生深远影响。还曾被选为内蒙古自治区第五届人大代表，历任兴安盟政协委员、内蒙古自治区民族民间文艺研究会理事、兴安盟文联委员、科右中旗政协委员。他在说书馆工作期间，多次参加说书艺人会议，多次担任说书艺人培训班教师，热心传授说书技艺，介绍从艺经验，悉心培养新一代说唱艺人。他将前人和自己的演唱经验进行整理，并将其发表在《哲里木文艺》等报纸、杂志上，为研究蒙古族说唱艺术提供了宝贵资料。额尔敦珠日合的说唱特点继承了他的老师扎那的演唱艺术风格，故事结构严谨，曲调悠扬，感情细腻，旋律和谐。[①]

“孟根高力陶、海宝艺术流派”的特色是曲调简洁、节奏欢快、嗓音亮、语言通俗易懂，带有戏曲的韵味。吟诵和唱段少，主要以叙说和表演相结合的说唱方式来调动和吸引听众的兴趣，表演中动作、表情丰富，模仿人物生动形象，注重与观众间的交流互动来营造气氛。该流派第一代艺人孟根高力陶与蒯芒长期合作形成了独具特色的艺术风格，其徒弟海宝将艺术风格延续，吴晓、海清、吴祥、哈斯巴根等胡尔奇传承了这一流派的艺术特色。

① 董新国．享誉全国的乌力格尔之乡［M］．呼和浩特：远方出版社，2004：171.

代表人物：孟根高力陶（1914—1969），蒙古族，内蒙古兴安盟科右中旗人。自幼喜欢蒙古说书，少时开始拜师学艺，青年时期已成为远近闻名的说唱艺人。曾是王府专职说唱艺人。新中国成立后，他的艺术活动范围更加广阔，热心收徒传艺，受邀在内蒙古各地进行表演，曾在内蒙古人民广播电台、呼伦贝尔人民广播电台录制说唱曲目，多次参加自治区举办的民族曲艺会议、演出活动等。孟根高力陶的说唱特点是故事结构严谨，善于说唱战争场面，喜欢运用寓言、谚语等，语言流畅，词汇丰富且运用恰当，表演层次分明，人物塑造鲜明，曲调错落有致，韵律和谐优美，嗓音洪亮，节奏明快。①

海宝（1930—2003），蒙古族，内蒙古兴安盟科右中旗人。16 岁开始学艺，29 岁师从孟根高力陶继续深造，进行专业学习，很快成了闻名科尔沁草原的著名说书艺人。他曾在原哲里木盟（现通辽市）广播电视台录制了一百多个小时的说唱节目，还在内蒙古人民广播电台录制了十几部书（曲）目，深受广大蒙古族听众的喜爱。他曾是当地政协委员，在五十多年的从艺经历中培养了大批说书艺人。海宝的说唱特点是善于借鉴汉族艺人说唱的特点，演唱故事时以道白为主，表演力强，曲调优美，语言丰富，故事流畅，人物鲜明，说演结合，刚柔相济，风格自成一体。②

德力格尔（1943—?），蒙古族，内蒙古原哲里木盟（现通辽市）科尔沁左翼后旗敖古斯台苏木人。从小拜著名民间艺人宝音陶格涛为师，学习说唱艺术。18 岁成为说书艺人，多次参加各种说书艺人大会。

---

① 董新国．享誉全国的乌力格尔之乡［M］．呼和浩特：远方出版社，2004：169.

② 董新国．享誉全国的乌力格尔之乡［M］．呼和浩特：远方出版社，2004：176.

1983年，他参加内蒙古自治区举办的说书艺人会议，获得一致好评，被人们亲切地称为“小艺人”。主要说唱的历史曲（书）目有《全家福》《小八义》《东汉故事》《韩自宝征西》等，新曲（书）目有《草原烽火》《林海雪原》《万山红遍》《红灯记》等。在他从艺的多年里培养了如昭黑斯图、银山等徒弟。他的演唱特点是善于运用笑话、讽刺、歇后语等，抑扬顿挫，风趣幽默，故事内容丰富，曲调变化多样，民间性强，是科左后旗著名且非常独特的一名说书艺人。[①]

“布仁巴雅尔、甘珠尔艺术流派”的特色是曲调丰富多变、嗓音低沉优美、语言朴实流畅、塑造的人物形象生动。惯用吟诵、说唱、叙说、对话等表现手法，娴熟地引用谚语、成语、名人名言，逻辑结构十分讲究，故事内容述说得简要清晰，以精雕细琢的方式打动观众，创造了雅俗共赏的艺术效果，在延续以往风格的基础上，创作新编了许多反映时代特征的新曲目，为乌力格尔艺术的发展开辟了新篇章。流派形成后，经由几代人的传承，由甘珠尔等人将其推向高峰，李照日格图、锁银、吴双河、包双成等胡尔奇传承了这一特色。

代表人物：布仁巴雅尔（1928—1985），蒙古族，内蒙古兴安盟科右中旗人。自幼喜爱说唱艺术，少年时师从金宝山胡尔奇，学艺期间可以说唱十几部书（曲）目。新中国成立后，布仁巴雅尔负责说书馆建设，在说书馆一边表演，一边收徒传艺，培养了多名说唱艺人。作为中国曲艺家协会会员，他曾多次参加内蒙古自治区内外的各种民族曲艺会议、演唱和培训活动等。先后在内蒙古人民广播电台、原哲里木盟

① 董新国．享誉全国的乌力格尔之乡［M］．呼和浩特：远方出版社，2004：176.

(现通辽市)人民广播电台录播了多部说唱曲(书)目。他常年活跃在牧区蒙古族民众生活中,用一生来探索学习和弘扬说唱艺术。布仁巴雅尔的说唱特点是善于运用蒙古族民众熟悉喜爱的谚语、俗语、惯用语等描述战争场面、故事内容和人物形象,语言丰富,故事情节简单且清晰利落,嗓音洪亮,民族气息浓厚,是一位广受草原人民喜爱的民间说唱艺人。①

铁穆耳高乐(1934—?),蒙古族,内蒙古兴安盟科右中旗布敦化苏木人。10 岁开始放牧,15 岁参军,17 岁转业务农,25 岁当工人,36 岁拜白·宝泉为师开始学艺,40 岁拜布仁巴雅尔为师继续深造,而后成为说书艺人。主要说唱曲(书)目有《北辽》《五虎征南》《五转》等。其演唱特点是喜欢高声演唱,叙述故事时常用四胡弓子击打胡头,以此来掌握说唱节奏,表现为一种较为独特的艺术效果。②

元宝(1941—1985),蒙古族,内蒙古扎鲁特旗嘎哈图镇乌努沁花嘎查人。9 岁学习演奏四胡,20 岁迷上蒙古说书艺术,拜布仁巴雅尔为师,学习演唱《隋唐演义》《唐代故事》《宋代故事》《三国演义》等十几部书目。他天资聪慧,勤奋好学,进步飞速,经几年刻苦学习,成了一位著名的说书艺人,然而在其刚刚登上说书舞台展露才华之时,却不幸被病魔夺去了生命。他的演唱特点是语言丰富,曲调完整富于变化,吐字清晰,善于表述故事中的矛盾冲突,使故事更具体、更生动感人,很好继承了其师父的演唱艺术风格。

从上述资料中可以看到,在乌力格尔艺术流传的文化圈中,形成了

① 叁布拉诺日布. 蒙古族说书艺人小传[M]. 沈阳:辽沈书社,1990:129.

② 董新国. 享誉全国的乌力格尔之乡[M]. 呼和浩特:远方出版社,2004:142.

不同的乌力格尔艺术流派，各个流派风格独特、特征明显，各具特色，均得到不同程度的继承与发展。三个流派间并不是孤立发展，均在不同程度上吸收了其他流派的演唱风格，胡尔奇艺人间相互接纳，形成了百花齐放的艺术景象。流派间的相互交流学习、胡尔奇间的代际传承为蒙古族文化的延续与发展做出了重要贡献。

（二）艺人生活

在口传文化的发展过程中，说唱艺人具有特殊作用，他们是文化的创作者、保存者和传播者。说唱乌力格尔的胡尔奇艺术造诣较高、知识丰富、才华出众，经过艰苦努力，掌握了说唱乌力格尔的技艺。他们说唱技艺的变迁与其生活变化具有重要关联。了解胡尔奇的文化生活空间，可从中考察他们生活的变迁对乌力格尔艺术创作的影响。访谈中，就胡尔奇从艺生活变化对其艺术创作的影响等问题进行了交流，从中可知胡尔奇生活与乌力格尔艺术间的关系，从学艺经历了解艺术变迁，从说唱曲目了解内容变化，从展演方式了解教育传承形式的变化，从而为研究的深入提供资料参考。针对访谈资料，整理与阐述甘珠尔胡尔奇、额尔敦尼吉古拉胡尔奇、那木吉乐胡尔奇的说书艺术生活史，进而分析乌力格尔艺术的文化生态模式。

1. 从艺人们的学艺经历看艺术变迁

在访谈中了解到，艺人们的学艺经历均与家庭教育有关，受家人影响较大。如甘珠尔胡尔奇从小受父亲影响，其父为雅巴干·乌力格尔说唱艺人，而且家里的老人们都非常喜欢乌力格尔；额尔敦尼吉古拉胡尔奇从小受爷爷、父母影响，把学习乌力格尔艺术当作民族财富，为延续而习得。乌力格尔民间艺人们受亲朋好友的艺术熏陶，从小耳濡目染，直接影响着他们的艺术学习及艺术选择。各民间艺人的从艺经历有一些共同点，主要体现在：受家庭和外在环境影响，从小喜欢乌力格尔艺术；利用闲暇时间学习乌力格尔艺术；学习方式主要为拜师学艺；社会环境影响乌力格尔艺术学习的连续性。在访谈中，甘珠尔胡尔奇说，他拜有威望的民间艺人为师，在农闲时间，一般白天务农晚上模仿学习乌力格尔艺术。从民间艺人们的学艺轨迹可以了解到，不同历史时期乌力格尔艺术的发展与变化。民间艺人数量的增减，反映着乌力格尔艺术的繁荣与衰落；艺人学艺的连续性，反映着社会文化领域对民族民间艺术的认可程度；民间艺人从艺的年限，反映着民间艺术在民众群体中的接纳程度和喜爱程度。正如访谈中胡尔奇所说，在乌力格尔艺术繁荣发展时期，胡尔奇人数较多，有固定演出场所进行说唱，社会地位较高；20世纪六七十年代，乌力格尔艺术发展受阻，民间艺人受此影响，多数人放弃了说唱艺术，就此转行，严重影响了乌力格尔艺术的发展；改革开放后，国家重视民族艺术发展，加大扶持力度，乌力格尔艺术逐渐恢复生机，稳步前进，但同时也面临着大量新兴文化艺术的冲击，发展缓慢。乌力格尔说唱艺人的从艺经历代表着蒙古民族说唱艺术的发展历程，代表着蒙古民族民间艺术的文化模式。

2. 从艺人们的说唱曲目看内容变化

对胡尔奇访谈资料整理发现，新中国成立以来，胡尔奇的说唱曲目主要以蒙汉融合的故事为主，集中了对汉族传统文化的介绍，说唱内容以汉族故事居多。胡尔奇将汉族传统文化中的经典内容进行改编，用蒙古语言以乌力格尔的艺术形式进行说唱。据甘珠尔胡尔奇介绍，他创作和改编的故事主要有《四传》《东汉故事》《吴越春秋》《薛仁贵征东》

《隋唐演义》《青史演义》《前进的图什图草原》等作品；额尔敦尼吉古拉胡尔奇唱过《梁唐金》《元朝》等；那木吉乐胡尔奇说唱比较多的曲目有《全家福》《梁唐》《东汉》。上述作品是胡尔奇在其所有说唱作品中，说唱次数最多、说唱时间最长的几部作品，在现当代的说唱作品中主要以翻唱汉族经典文学作品，并将其改编成蒙古族群众喜爱的艺术形式为主。从这些作品中可以看出，有些胡尔奇演唱的是相同内容，但每一位胡尔奇的演唱风格不同，即使是说唱同样的内容也会有不同的演唱方式，体现出胡尔奇之间的差异。现当代胡尔奇说唱作品的趋势是以说唱汉族经典故事为主，而传统的蒙古民族民间故事很少涉及。究其原因，胡尔奇们也谈道，新中国成立初期还有很多说唱故事涉及蒙古民族的历史、习俗、宗教等内容，但到了改革开放后，为延续发展，适应国家文化潮流，满足自身职业发展需求，打破文化空间，引入新文化，胡尔奇将蒙古族英雄故事、神话故事中的内容进行改编，更多地融入其他民族文化，满足时代要求和群众文化需求。从微观的胡尔奇说唱曲目的变化可以了解宏观的民族文化变化趋势，从具体故事内容的变化可以了解蒙古族说唱艺术的发展方向。

3. 从艺人们的展演方式看传承形式变革

艺人们的展演方式有多种，主要有舞台表演、电台录制、艺术比赛、说书馆活动和参加培训班等。关于舞台表演，在访谈中，胡尔奇们回忆说，草原即舞台，胡尔奇游走在草原上，逢重大节日、农闲时节，就会被请进家中，还有老一辈胡尔奇曾被邀请进入王府等地进行说唱。随着社会进步，胡尔奇的舞台转到了社区、政府、民间组织的各项活动，在活动中邀请胡尔奇进行表演。而当代胡尔奇最主要的展演方式即参与电台节目录制和参加各类相关艺术比赛。据甘珠尔胡尔奇回忆，他从1978年开始陆续参加内蒙古自治区内外的各项文艺会议和文化活动。参会期间，他积极创作并演唱新作品，获得了同行们的认可与好评，各类作品先后在原哲里木盟（现通辽市）广播电台播放。1996年他参加了当地广播电台主办的说书艺术研讨会，并进行广播电台节目录制；2000年参加首届全国蒙古语乌力格尔大赛，荣获功勋奖；2001年参加第二届蒙古语乌力格尔大赛，荣获贡献奖；2002年参加“琶杰杯”全国乌力格尔、好来宝大赛，荣获特别奖；2005年参加“内蒙古自治区首届乌力格尔艺术节暨全国乌力格尔、好来宝大赛”，获得曲艺类多个奖项。参与电台节目录制对于乌力格尔艺术的保护、传播与发展具有积极意义，这一方式可将胡尔奇的说唱故事以录音、音频的方式进行存储，具有易保存、传播广、受众群体多样等优势。然而在肯定其优势的同时，它也有很多局限性，例如，胡尔奇在录制节目时要根据电台规则、播放时间、编导安排等适时调整自己的说唱时间、说唱方式、情绪表达。说唱艺术特别注重说唱者和听众之间的沟通与互动，也许听众的一个表情、一个动作都将影响说唱者对故事的演绎，而电台录制和播放的节目中，则缺少了说唱者与听众间的互动，除此之外，受录制时间、录制场所、内容安排等影响，胡尔奇无法完整反映故事内容的全貌，失去了说唱艺术整体性和全面性的价值。不同的展演方式，代表着不同的传播方式，传播方式不同，乌力格尔艺术的影响效果就不同，为使乌力格尔艺术能够更广泛地传播、更有效地传承，胡尔奇们在传承形式上依然沿用传统形式，即师徒传承，并在此基础上不断尝试新形式，努力创新，延续发展。据甘珠尔胡尔奇说，他的传承方式主要有三种：一是正式拜师学艺，到家里一对一讲授，采用口传文化口头传承方式进行教学，但这种方式在当下很少使用了；二是在说书场所，一边说唱一边教学，有问题就在说书结束后进行讲解；三是开办乌力格尔学习培训班，进行系统的大规模培训。额尔敦尼吉古拉胡尔奇认为，有效的传承方式是参加培训，从他自身的角度来看，他说参加培训班进行相关培训对他帮助很大，有助于理解学习，因为有些故事内容或是说的过程中不太好理解的，可通过在培训班的学习、和其他胡尔奇的交流来更好地理解故事内容；参加培训班的胡尔奇都对历史比较了解，通过培训班能了解更多历史知识，有助于创作，除此之外，胡尔奇之间相互交流探讨，关于如何说唱、对乐器的掌控、身体动作协调等一些艺术问题都可以在培训过程中得到很好的回答，进而不断提升胡尔奇的艺术水平。根据自身认知和学习情况，胡尔奇们对不同传承形式的传承效果看法不一，但较为一致的观点是传统的师徒传承具有不可替代的作用，至今依然发挥着重要功效。

根据访谈资料整理出的上述三部分内容，总的来说，各位说书艺人在说唱艺术之路上，都经历了艰苦的艺术生涯，说唱艺术的学习受家庭环境影响较大。有些胡尔奇虽酷爱说书艺术，但在后期发展过程中并没有把说书艺术当作主要谋生职业，究其原因可知，当时胡尔奇的社会地位低下，被接受程度低，艺人的身份和职业生活不能满足其生活需要，因此，大多数艺人在经历了一段艺术活动后，选择了放弃或是将此停滞一段时间。而一些坚持下来的说唱艺人，在平时的艺术学习中，均利用闲暇时间进行艺术创作，同时也受到社会条件和生活条件的制约，影响了他们说唱艺术的发展。这也是在调研访谈多个艺人时所发现的共同问题，即大多数艺人均利用闲暇时间进行民族艺术学习，并将其定位在业余爱好和个人兴趣上。同时也发现在民族文化艺术协会注册的会员中，分为老、中、青三代说唱艺人，老年、中年艺人经验丰富，说唱艺术更倾向于专业化水准，而青年一代普遍为业余艺人，没有经历过系统化、专业化的学习。那么，在年轻艺人缺少专业化培训和指导的情况下，以这样的方式学习说唱艺术或更多的民族文化艺术，会直接影响民族文化发展的连续性和影响效力。传承人专业化水平较低会使民族文化传承与发展面临断代、专业素养参差不齐等更大、更多的问题与挑战。

二、蒙古英雄史诗文化生态的现代多元模式

文化圈虽具有一定的稳定性，但它并不是一成不变的，也无法始终保持内容一致，从形成至今都是一个模式。从一般研究角度讲，文化圈是一个视角、一个状态、一个区域，但从本质上讲，文化圈是一个具有过去、现在、未来以及族群和个体相联系的多维立体结构，它会因一个特殊因素的加入，而形成具有生命的、运动的活的结构。[①] 这种活的结构特征最主要的方面体现在它的承袭性上，表达方式主要为文化圈的内部承袭和文化圈传承过程中的空间变化。蒙古英雄史诗在其历史发展进程中，受社会发展、社会环境、生活方式变化等方面的影响出现了史诗的新样态。而变化后的史诗新样态在现代社会发展过程中，其文化主体，即民间艺人的文化空间、生活空间和艺术空间也随之改变，使得史诗文化生态模式也发生了变化，从传统单一模式向现代多元模式转变。

① 陈华文．民俗文化学（新修）［M］．杭州：浙江工商大学出版社，2014：93.

（一）史诗内容由民族英雄故事向蒙汉融合故事转变

随着经济生活方式的变迁，由此带来的文化生活变化，相对于传统蒙古英雄史诗，变化后的史诗发生了很大改变，如演唱形式逐渐由史诗的纯韵文演唱转变为评书艺术形式的韵文诵唱和散文叙事相结合的演唱；演唱活动和民俗功能更加突出；作品篇幅增大，内容扩展，故事情节更加复杂曲折。早期变化史诗的内容延续传统英雄史诗的手法和风格叙述英雄故事。当越来越多的文化涌入蒙古族民众生活中，蒙古族民众对此表现出喜爱以及更多的浓厚兴趣，此时的故事内容也随之发生改变，融入越来越多的民族文学、汉族小说、经典文学故事等内容。新中国成立后，民族间的融合与发展进一步加强，蒙汉间的文化交流不断深入，汉族经典故事被改编并融入变化史诗中，到了20世纪六七十年代，故事内容中与宗教、祭祀活动、神幻色彩相关的内容被取消。在维持蒙古英雄史诗核心要素如母题、结构、艺术手法、情节设定的基础上，更多地融入汉族文化和时代主流思想，对史诗内容进行创作与改编。

同时，史诗艺人的生活空间发生了根本性的变化，从直观可感的相对封闭的地理空间发展到流动式的绝对开放的虚拟空间。传统社会中，艺人们生活在以草原族群为基本单元的地区，形成特色布局，各地区以村落聚居，存有一定的空间距离，形成了较为独立的封闭地理单元。艺人们的演唱以族群地理单元为单位，当有重大传统民俗活动时，会产生一定的流动性，空间就会被打破，但各个地区都是小聚居状态，在地域文化上有一定的相似性，因此，艺人的适时流动并不会打破生活空间的稳定性以及民族文化的地方性，流动与变迁主要发生在民族文化内部，并且促进了民族文化的自然传承。当代社会中，艺人的生活空间发生了显著变化：一是日常生活空间被便利的交通工具打破，不再受地理空间限制，他们会因不同原因走出原有空间，扩大自己的日常生活空间，如在访谈中了解到专业的著名的胡尔奇不多，为满足民众文娱需求，他们经常会到较远的不同地区进行说唱表演，这是以前不可能做到的；二是一些其他地区人员也会因不同原因走进这个空间范围，艺人们的日常生活空间会受到潜移默化的影响，从原有封闭式状态向逐渐开放式状态转变，如外来因素的涌入带来本地区不同程度的繁荣与发展，艺人们会因此创编歌颂美好生活；三是互联网大众传媒方式的运用，构建了虚拟空间，在虚拟空间里没有地域限制，文化间相互碰撞、相互融合，带来了不同的文化体验，艺人们开阔了眼界，丰富了生活经历，活跃了思维方式，将生活空间变化所带来的影响融入艺术创作中。因此，我们现在所接触到的艺人们创作的作品，在其作品中展现的故事内容具有多元复合的特点，汉族故事的改编多于蒙古族传统故事。

（二）艺人角色由职业化向大众化转变

当说唱艺人的生活空间发生变化时，其艺术空间也会被打破，受各种因素影响进行重新塑造。文化格局呈现多元化，在维持传统特色的基础上，要重新审视外来文化中的各类元素对民族特色文化的影响。面对民族特色文化与现代文化的碰撞，民间说唱艺人会产生不同的文化态度，或接纳开放或保守坚持，但无论持有怎样的态度，文化间的渗透交融都不可避免。这就意味着，随着文化的渗透与流动，说唱艺人的表演会穿梭在不同文化中，与其他文化碰撞、交流、共生，产生不同的艺术体验，直接影响其艺术实践，进而带来文化价值观和生活方式的变化。

在当代文化背景下，变化后的史诗生存状态发生了改变，从作为民族生活方式到作为文化艺术展演，说唱艺人的身份角色也在不断变化中，有些艺人坚守、接纳、包容，其角色发生了从民间艺人到职业艺人再到传承人的变化，也有些艺人面对生活变化，放弃职业艺人的角色，将说唱艺术变成辅助生活的娱乐方式，仅作为一种兴趣爱好。变化史诗的新样式乌力格尔，作为国家级非物质文化遗产，现有职业艺人非常少，作为国家级非物质文化遗产传承人的艺人仅有1人，省级自治区级传承人为3~5人。受生活条件制约，说唱艺术不能成为其生活来源之时，很多人放弃了这门艺术，将其转为业余爱好。而现有学习爱好者也仅停留在业余水平上，很少有人有意愿将其作为职业进行专业化发展，传承重任堪忧。当说唱艺人在社会关系中发生了身份转变，其艺术实践活动也会因身份特征的变化而发生改变。从民间非职业艺人转换为职业艺人时，他们的艺术活动会有所增加，在此过程中，他们重新认识本民族文化，加深对文化的了解，反思文化目的，获得创新思考，他们反思与创新能力越强，就越易加速艺术的变迁。可见，说唱艺人身份角色的变化显示着周围社会文化环境的调整，同时也是民族民间文化艺术空间重塑的表现。

（三）传播方式由单一化向多样化转变

民族民间艺术的传统传承方式即口传身授，而且是在本民族文化内部传承，依赖自身的文化惯性。民间艺人游走四方将民族文化带到不同文化语境中进行表演，达到局外传播和传承的目的。在现代多元文化交流中，呈现出传统与现代共存的现象。传统的、单一的传播形式依然存在，在此基础上，出现一些新途径，如一些系统的、有规模的民间艺术培训班，将民间艺术录制成广播电视节目，网络传播、民间艺术进校园等符合现代要求的新方式，在艺术形式上将传统以现代方式传播，传统与现代结合，制作出与传统相比同中有异的新风格。在文化变迁中，文化客体本身不会自行发生很大改变，其变化要经过民间艺人等文化主体的选择和操演才能实现，艺术传播方式、途径的变化，打破了原有地域空间限制，使文化穿越时空得到传播与迁移。

作为史诗新样式——乌力格尔的传统传播与传承方式，是艺人的表演和师徒相传。相对而言，现代传播方式变得更加多样化，在保留原有方式的基础上，出现了从演出团体、演出场所到报刊、广播、电视、网络传播等新形式，内容更加丰富多样。如文化馆负责说唱本子资料收集、整理工作，建立艺人档案，编辑曲艺志等资料本，出版相关书籍进行文化传播；民族曲艺团组织说唱艺术巡回展演，负责民间说唱艺人的培训及组织会演等，以规范化的方式进行表演传播；乌兰牧骑是演出民族舞蹈、表演曲艺节目的专业文化团体，利用巡演机会举办说唱训练班，培养说唱艺人，举办各种宣传演出，扩大乌力格尔等蒙古族说唱艺术的影响与传播；说书馆负责固定时间地点说唱艺术的演出，常年开放，下设分馆覆盖各个区县，满足人们对说唱艺术的需求。这些都是蒙古族说唱艺术最主要的现代传播方式。除此之外，利用广播、电视、互联网等新型媒介传播蒙古族说唱艺术是当下传播范围广、传播时间长、传播速度快、受众面大的有效方式。传播是一种方式和途径，它以承载文化意义为目的，将蒙古民族说唱艺术从本地传播到异地，传播方式愈加多元化，在维护文化本身的原有生命力和文化意义的同时，蒙古民族说唱艺术也获得了更加广泛的发展空间。

三、蒙古英雄史诗的教育传承形式

教育传承是被人们广泛使用的习惯用语，但它并没有统一且明确的界定。首先，教育是“培养人的一种社会活动，是承传社会文化、传递生产经验和社会生活经验的基本途径”①。“广义的教育是指增进人的知识技能，影响人们思想品德的活动，包括家庭教育、学校教育和社会教育三种形式；狭义的教育是指学校教育。”② 其次，传承即传授与继承，在于文化的延续。最后，教育是文化传承的重要方式，文化传承是教育的目标之一。蒙古英雄史诗的传承主要包括两方面的内容，一是蒙古英雄史诗文化的横向传播，二是蒙古英雄史诗文化的纵向传递。所谓横向传播是为扩大受众面，让不同的族群和群体了解这一民族文化；而纵向传递，即文化在民族共同体中主体间的纵向传递，除传递文化知识本身外，更重要的是传递内在的稳定的深层次的构成民族认同和民族凝聚力的文化核心要素，在于一个民族特色的留存及整个民族的延续。

文化的传承离不开教育的作用，在具体教育传承方式上，主要涉及蒙古英雄史诗相关的传统师徒式教育传承方式和现代社会载体式教育传承方式。传统的师徒间口传心授的教育传承方式，是民族民间文化运用最早、最普遍的传承方式。在传统社会中，蒙古英雄史诗作为牧民生活中的一部分，以其传统的、自然的、口头方式传承着，它的传承方式具有原生态性，主要是人与人之间的口耳相传形式。社会载体式教育传承

① 袁振国．当代教育学［M］．北京：教育科学出版社，2005：4.

② 栗洪武．学校教育学［M］．西安：陕西师范大学出版社，2008：2.

方式主要是在民众的生产生活中，由社会文化机构、组织团体和个人在法律法规、道德准则、文化习俗允许范围内的场所里所进行的有目的、有计划、有系统、独立的影响全体社会成员学习和成长的教育活动。而现代社会中，随着社会文化环境的变迁，人们的生活方式及思想观念发生改变，蒙古英雄史诗的传承方式也从传统向现代转型，在转型过程中，蒙古英雄史诗以师徒传承为代表的传统传承形式逐渐弱化，出现了各种新的教育传承方式。不同的教育传承方式承担着民族文化纵向传递与横向传播的任务，不同方式间应相互关联、交互作用，共同为文化的传承与民族的延续提供帮助与支持。

（一）师徒式传承

无论是蒙古英雄史诗的产生与发展，还是蒙古英雄史诗的演进与变化，都离不开传唱史诗的民间艺人。蒙古英雄史诗是以口头形式主要通过民间艺人的记忆和演唱流传至今。在蒙古英雄史诗的历史发展过程中，史诗创作传唱艺人起到了至关重要的作用。民间艺人是蒙古英雄史诗的创作者、保存者和传播者。他们奔波在广袤的大草原上传唱，一方面延续了英雄史诗的生命力，使它在民间得以保存；另一方面满足了人们的艺术享受，丰富了社会生活。近代学术界有一个共识，认为一些大型长篇史诗是艺人们集体创作的结果，开始是以口头形式产生的零散的传说和诗篇，在流传过程中不断充实，经过有才华的艺人们整理改编赋予它新时代的社会内容，从而创作出长篇英雄史诗。[①] 艺人们都具有一定的文化素养，了解本民族历史，在发展蒙古英雄史诗、传承演唱技艺

① 仁钦道尔吉．蒙古英雄史诗发展史［M］．北京：中国社会科学出版社，2013：129.

上，他们采用师徒间口传心授的方式，还有一些通过家庭教育对子孙口头传授而世代相传。史诗艺人通过严格的训练学会演唱英雄史诗，他们分为职业史诗艺人和非职业史诗艺人。传唱卫拉特蒙古英雄史诗的艺人基本上都是职业艺人，他们的乐器——陶布秀尔是作为职业史诗艺人的重要标志。另外喀尔喀—巴尔虎英雄史诗的传承中基本上没有职业艺人，一般的史诗演唱者是民众，他们不以演唱英雄史诗为谋生手段，不以其为职业追求，而蟒古思故事说唱艺人和本子故事说唱艺人，他们以演唱作品为谋生手段，作为职业艺人，他们的表演唱调、音乐特征明显，潮尔和四胡是主要的伴唱乐器，也是他们作为职业艺人的象征。[①] 蒙古英雄史诗演唱的民间艺人构成了民俗社会中的特殊群体，在英雄史诗的发展、演变、传承形态中扮演了至关重要的角色。

1. 观察与模仿

观看别人的表演是学习的开始。在成为说唱艺人之前，人们会因感兴趣而去观看一场演出，感兴趣的角度可能会是热闹的场面、艺人夸张的表情，而非表演内容本身。但随着观赏次数的增加，对其不断了解，会对表演及表演内容渐渐产生浓厚的兴趣，成为一名喜欢说书表演及说唱内容的真正的观众。如果说最开始的观赏是出于兴趣爱好，被故事中的人物、英雄事迹所吸引，那么，随着对表演的深入了解，学习者开始不断琢磨艺人的表演技艺，从单纯的观赏到有意识的观察，甚至到模仿。到这里可以说是观摩学习的正式开始。任何艺人的学习都是从观摩开始的，观摩是艺人在学艺过程中不断积累经验的非常重要的方式之

---

① 陈岗龙．蟒古思故事论［M］．北京：北京师范大学出版社，2003：35.

一，即使是师徒相承也是以观察表演模仿学习的“表演—观摩”模式作为教学手段和学习方式。拜师学艺过程中，徒弟很长一段时间都要跟着师傅，观摩师傅的表演，这对于师傅或是徒弟都是十分重要的过程。

观摩使学艺者获取更多的知识和信息，而模仿则是口头传承中最为普遍、最为有效的检测习得效果的学习方式之一。一般来讲，学艺者通过观摩获取相关知识、技艺形成体会感受，并通过模仿将其内化。模仿双方是师傅和学艺者，师傅作为对象，学生作为模仿者，有时模仿对象也可能是师傅身边或之外的其他人，如学艺者通过广播电视等方式进行学习，模仿其中艺人的演唱。在师徒间的口传过程中，师傅将自己的风格形成教学模式讲授给徒弟，用来塑造徒弟，徒弟也在模仿师傅，将其作为榜样，不断努力将自己的技艺风格塑造成师傅的风格，这样在传承过程中就不仅仅是故事内容、艺人技艺的传承，更是一种内化的风格模式的传承，这也是形成流派风格、辨别流派属性的特征之一。模仿是一种学习手段，也是一种口头技艺和能力，学艺者通过模仿将学习到的知识内化于自身，将其融入个体之中。①

2. 讲授与交流

观察与模仿是在艺人前期学习阶段中较为普遍使用的方式，除此之外，师徒间还有讲解、指点等环节的传承方式。师傅带徒弟期间，徒弟观摩学习师傅的表演往往集中在晚上进行，这样第二天徒弟在师傅面前演练时，可根据自己存在的问题向师傅请教，同时师傅也可以对徒弟的学习情况进行检查与点评，从中发现问题，并讲解给徒弟听。有时师傅

① 博特乐图．表演、文本、语境、传承：蒙古族音乐的口传性研究［M］．上海：上海音乐学院出版社，2012：245.

还会带领徒弟进行实地表演，在演出现场针对问题进行讲解。这样的互动讲授方式在艺人知识、技艺的学习与传承过程中是非常有必要的，但“它并不是知识技艺传承的主要方式，这种讲授互动更多的是对表演—传承过程中的一种补充”①。

在艺人的学艺过程中，交流是指针对艺人知识与技艺的问题所进行的互动沟通。它与师徒的讲授不同，而更多的是对非讲授内容的一般性交流活动，如艺人与艺人间的交流互动、艺人与听众间的交流互动、听众与听众间的交流互动等方面。艺人与艺人间的交流互动可观摩他人的表演，学习他人的经验，取其精华学习之；艺人与听众间的交流互动更多的是从听众的视角发现自己的技艺问题，挖掘听众的喜好，调整自己的表演，给观众带来更多的乐趣；听众与听众间的交流互动更多的是对说唱内容和说唱形式的传播，通过听众间的交流扩大说唱艺术的影响力和传播范围。所以说，交流互动可为学艺者积累不同个体身上的知识，将其融入自身的学习中，获取更丰富的经验。同时，交流互动也为学艺者提供了更广阔的学习空间，使信息渠道变宽，传播范围变广。

3. 演练与正式表演

通过口传方式学习到的知识与技艺，离不开演练。学艺者通过观察、讲授、交流互动等方式获取技艺信息，通过模仿将其内化，还需通过演练加以练习、巩固和完善。演练是训练口头技艺较为理想的方式，演练中既锻炼了技艺又提升了艺术思维，为正式表演打下良好基础。学艺终究是为了表演，表演是传播与传承蒙古英雄史诗文化的有效方式。

---

① 博特乐图．表演、文本、语境、传承：蒙古族音乐的口传性研究［M］．上海：上海音乐学院出版社，2012：246.

从学艺者的身份变成艺人，进入真正的从艺阶段，然而，身份角色的变化并不意味着学艺阶段就此结束，而是在不断实践演练过程中不断充实自己，使自己的技艺更加完善，表演本身就是个演练积累的过程。对于口头学艺过程，通过观察模仿习得知识和技艺，又在演练和正式表演的实践中得以提升和巩固。演练检验着口头传承的效果，表演扩大了史诗艺术的传播范围。不同的口头传承方式，并不是独立存在的，而是彼此互动、相互关联，形成连环体系，共同促进蒙古民族史诗文化的传承。

（二）社会载体式传承

社会教育是为适应工业化和城市化发展，调整城市空间布局，改变人们生活方式和学习需求，满足人人学、时时学、处处学的学习型社会要求应运而生的教育形式。在少数民族地区，面对自然与社会环境的复杂多样性，社会教育通过其自身所具有的特性与民族文化活动融为一体，承担着文化传承与保护的历史使命。作为文化教育的重要组成部分，社会教育在传承文化上有着家庭教育和学校教育不可替代的优势。在教育主客体方面，社会教育直接面向全体社会成员，不受年龄、地位、知识水平等方面的影响；在学习内容方面，社会教育具体的计划性和系统性是根据社会、主客体需要而变动的，以比较具体实用且与生活文化密切相关的民间节日、习俗、礼仪、仪式等为主要内容；在学习时间和空间方面，社会教育不受时空限制，利用各种民间机构组织文化场所，组织内容丰富、形式灵活多样的教育活动，可以使不同群体在不同时间和空间范围内学习到民族文化。因此，相对于其他教育方式来讲，社会教育在传承少数民族文化方面，具有特殊的教育功能，其明显的优势和较强的影响力，是它灵活性、多面性、广泛性、终身性特点的体现。蒙古英雄史诗的演变与发展离不开传统口传心授的传承方式，但随着社会经济文化的变迁，传统的传承方式已不能适应和满足当代文化发展的需求。从蒙古英雄史诗到变化后的史诗，它们都是反映蒙古族历史与发展的文化成果。为保护文化成果，延续民族精神，地方政府及民间组织机构在原有传承方式的基础上，转变思路，拓展新的传承方式，致力于面向社会，以此为单位开展文化宣传与教育。在调研中，笔者走访了文化保护与宣传部门及民间组织机构，通过与相关负责人的访谈了解到：在传承载体上，主要有博物馆、文化馆、民族艺团、传媒中心等；在传承形式上，主要是以培训讲座、研讨座谈、模仿学习为主。

1. 博物馆

博物馆最大的教育特色就是通过馆藏资料，即“物”的形式来达到教育的目的，这种形式直观、潜移默化，参观者无论文化教育程度高低，都可从中受益。考虑地理位置、风俗习惯且能反映蒙古英雄史诗及变化史诗特色的最具代表性的博物馆当属位于内蒙古扎鲁特旗和内蒙古兴安盟科尔沁右翼中旗地域内的地方特色博物馆。扎鲁特旗博物馆是全国首家乌力格尔博物馆，博物馆分两个展厅，分别设有乌力格尔起源、特征、发展、风格与流派及乌力格尔之乡——扎鲁特五个板块。博物馆搜集和整理了150余件乌力格尔文物，馆藏文物有距今400年左右的朝尔、琶杰大师的四胡、扎那的手抄本，还有现代乌力格尔继承人劳斯尔的乌力格尔艺术教科书等珍贵文物。内蒙古兴安盟科尔沁右翼中旗的博物馆为四层建筑，总占地面积为1.2万平方米，建筑面积4833平方米，整体设计反映了蒙古族特色，且体现了我国传统的天圆地方理念。正面建筑造型形似马鞍，寓意马背民族，又似一弯弩弓，箭头直指苍穹，寓意“神勇的弓箭手”。两侧的圣火熊熊燃烧，象征蒙古民族生生不息、世代繁衍。正门两侧的“苏鲁德”象征和谐吉祥。外墙体的图案，蕴含浓郁的民族特色。整体建筑外观重点突出了科尔沁的特色文化。博物馆内共设有四个展厅，分别是民俗宗教展厅、科尔沁国家级自然保护区展厅、古代历史展厅、非物质文化遗产展厅。在民俗宗教展厅和非物质文化遗产展厅内展陈着与蒙古英雄史诗相关的民间习俗、民族艺术，特别设置了乌力格尔艺术的单独展陈板块，在这里可以更直观、更形象地了解该艺术的发展历史、著名胡尔奇简介、流派谱系变化、演出活动、民俗庆典以及进入国家级非物质文化遗产名录的过程和开展保护工作以来收集到的珍贵文本和相关音频。据博物馆工作人员介绍，为充分发挥博物馆的教育功能，该馆全年开放，还定期举办一些讲演活动、移动展览活动、进社区讲习宣传活动。对于社区的基层民众来说，这是一种丰富多彩的教育形式，既能为社区民众提供学习民族文化的场地，又能丰富民众生活、传播民族文化。

2. 文化馆

文化馆是以“人”为教育活动的中心机构，换句话说，文化馆的文化活动与教育功能要通过“人”来进行。在新的发展形势下，随着经济的发展，社会的进步，人们日益增长的文化、教育、艺术的需求越来越高，为满足人们的需求，文化馆建设与发展势在必行。在少数民族地区，文化馆要以民族地区的社区民众为单位而开展各种各样的文化传承与教育活动，满足和拉动社区民众对民众文化及教育的需求。在调研中，笔者走进乌力格尔之乡巴彦呼舒镇，在与该地区文化馆领导及工作人员的交谈中了解到，该地区的文化馆被评为国家一级文化馆，主要负责非物质文化遗产的搜集、整理、保护与传承工作。全年定期开办乌力格尔、好来宝、潮尔、马头琴、科尔沁民歌等培训班，举办多届乌力格尔艺术交流暨文化保护与传承研讨座谈会议，深入基层各苏木镇、嘎查开展辅导培训活动，承办乌力格尔好来宝大赛、科尔沁民歌大赛、蒙古四胡大赛、青年歌手大赛，开展乌力格尔文化宣传月等。文化馆下设民族文化展览馆、非物质文化遗产展馆、乌力格尔厅等文化服务单位，其中，民族文化展览馆全年无休对公众免费开放，每天八小时；非物质文化遗产展馆全年无休对公众免费开放，每天六小时；乌力格尔厅全年无休对公众免费说唱，每天晚上两小时。为更好服务基层，文化馆在各个社区、村镇设有基层文化站，专门负责各地区的民族文化宣传与服务工作。该馆在保护与传承民族文化、丰富民族地区群众文化生活、满足民族地区群众文化教育需求、保障民族地区群众基本文化权益、让群众乐享文化发展成果上，取得了可喜成绩，对民族文化遗产的保护与传承起到了载体、媒介的作用，实现了运用媒介传播的教育功能。

3. 民族艺术团——乌兰牧骑

民族艺术团主要是通过演出表演形式向人们展示、宣传蒙古族特色文化艺术和风土人情。“乌兰牧骑”的蒙古语原意是“红色的嫩芽”，后被引申为“红色文艺轻骑兵”，是适应草原地区生产生活特点而诞生的文化工作队，具有“演出、宣传、辅导、服务”等功能。乌兰牧骑是全国文艺战线的一面旗帜，是一支活跃在草原上充满浓郁民族特点的文化演出队，因其节目贴近时代、贴近生活、贴近群众，所以深受蒙古族民众的欢迎与喜爱，在内蒙古草原上、农牧民心中产生了很大影响。科尔沁草原上有多支乌兰牧骑队伍，他们创作演唱一些史诗内容，融入现代元素将其改编成短小的表演曲目进行说唱，受到不少说唱行家的好评及广大民众的喜爱。自 2000 年以来，据不完全统计，共有二三十个蒙古族说唱曲目、四十多人次获得自治区级或盟市级专业文艺团体会演创作奖和表演奖。乌兰牧骑每年都要定期在农牧区演出近百场，在边远地区活动四个月左右。当地还充分利用巡演机会，协助组织和辅导文艺队，举办乌力格尔培训班，培养乌力格尔新人。十多年来，乌兰牧骑立足草原，深入基层，在热心服务农牧民群众的同时，积极推动民族文化艺术的传承与发展，扩大乌力格尔艺术在内蒙古自治区区内外的影响，树立良好“草原文艺轻骑兵”形象。在调研中，走进这支草原艺术团队，在考察和欣赏演出节目的同时，我们也真切感受到了这支团队所具有的民族气息。可以说，从对内对外宣传蒙古族文化以及乌力格尔的演出团队来讲，乌兰牧骑是向外界展示和传播蒙古族文化艺术的不可替代的文艺组织。

4. 数字媒介

传媒中心——广播、电视、互联网。蒙古英雄史诗变化后的新样式——乌力格尔，被收录在第一批国家级非物质文化遗产名录中。为保护与传承民族文化遗产，乌力格尔文化发源地及文化保护地区纷纷通过大众媒体方式记录、宣传、保存乌力格尔文化。从内蒙古自治区广播电台到地方旗县广播电台，从内蒙古电视台到各盟市地方电视台、报纸内刊等宣传媒体，相继开辟了乌力格尔艺术专题节目和栏目，举办乌力格尔说唱艺术比赛，将比赛实况进行录制，并将节目分期播出。在一些地方广播电视台，工作人员下到基层在乌力格尔演出地进行节目录制，记录演出过程，将完整的说唱过程进行编排后播出，并规定每天播放半小时乌力格尔节目，全年播出时间不能少于 280 天 140 小时。除广播电视等大众媒体外，还开发了专门的非物质文化遗产网站，在网站中设置乌力格尔文化专属板块，实时记录、时时更新，通过网络方式跨越时空限制，以最快最广的方式进行传播。这样以媒体的方式记录民族文化、以数字模式保存民族文化、以网络方式传播民族文化，使乌力格尔文化保护与传承朝向更好态势发展。

第五章

蒙古英雄史诗受众群体的田野调查及教育传承困境

“特定语境中的民俗表演，强调每一个表演的独特性，它的独特性源于特定语境下交际资源、个人能力和参与者的目的等之间的互动交流。”①

——理查德·鲍曼

当前，人们所接触到的且以文艺形式展现的均为蒙古英雄史诗变化后产生的新样式。蒙古英雄史诗在扎鲁特—科尔沁部族中走向演变和衰退，但又成了蟒古思故事、本子故事和叙事民歌产生与发展的基础。②本子故事因采用蒙古语表演，故又被称作“蒙语说书”。随着内容的丰富，受众群体对艺人说唱的要求不断提高。当传统的以听取“读本子”、观看“拿着本子”吟唱的形式满足不了受众群体的审美要求时，加入乐器伴奏的说唱就更为引人注目，从形式上变化后，蒙语被称为“乌力格尔”。乌力格尔至今依然活跃在扎鲁特、兴安盟、前郭尔罗斯等一些地区，深受民众喜爱，是这些地区最具民族特色的文化形式之

① 杨利慧．表演理论［J］．民间文化论坛，2015（1）：122.

② 仁钦道尔吉．蒙古英雄史诗发展史［M］．北京：中国社会科学出版社，2013：317.

一。对于广大的蒙古族群众来说，乌力格尔不仅是他们文化生活的主要方式与手段，而且是他们学习知识和培育精神的重要教育手段，在他们的心中，乌力格尔占有十分重要的地位。2006年乌力格尔被列入国家级非物质文化遗产代表性项目名录中，作为国家级非物质文化遗产，受中华人民共和国非物质文化遗产法保护。联合国教科文组织制定的《保护非物质文化遗产公约》中指出，非物质文化遗产在社会中得到确认、尊重和弘扬，主要通过教育、宣传和能力培养等方式予以保护与传承。那么，对于乌力格尔这一弥足珍贵且具有史诗意义的说唱文化，如何将其承载的民族历史与民族精神，以及所传递的蒙古英雄史诗的意义、所体现的民族艺术活态文化载体进行保护与传承呢？针对这样的思考，不仅要从历史文献资料中追根溯源、文化生活圈中感受变迁、现有成果中总结研究动态趋势，还要具体到蒙古英雄史诗不同受众群体尤其是年轻一代对传承民族文化遗产的认知、态度、情感等方面的实证分析，进而为民族文化遗产教育传承的政策制定、教学方式创新等方面提供实践依据。

一、蒙古英雄史诗受众群体现状调查的研究方案

（一）研究范围与样本选取

受条件制约与相关因素影响，调研以变化后的蒙古英雄史诗新样态——乌力格尔的受众群体为研究对象，并对乌力格尔教育传承与保护情况做系统阐述。乌力格尔主要流传在内蒙古东部地区及吉林省前郭尔罗斯蒙古族自治县等地，是当地民众所喜爱的民族艺术形式。为使调查

研究的材料具有较高的可信度及广泛的代表性，反映真实、全面且客观的传承现状及相关问题，本研究对调查地点、样本选择、访谈问题设置、问卷发放与回收等问题进行了充分考虑。因此，在调查中，从研究范围的选择上，根据前期文献资料、前人研究成果、文化流传地区等情况综合考虑，主要立足于内蒙古兴安盟、内蒙古通辽市、通辽市扎鲁特旗等一些乌力格尔传承中心地区进行调查。在具体划定的区域上，选择内蒙古兴安盟科尔沁右翼中旗、扎鲁特旗和通辽市。其中科尔沁右翼中旗和扎鲁特旗均享有乌力格尔之乡的美誉。它们身处科尔沁草原腹地，同时也是扎鲁特—科尔沁史诗的发源地之一。“科尔沁”一词系蒙语，在成吉思汗时代，是负责护卫、冲锋的主力，是当时的军事机构。之后，它又演变成为成吉思汗胞弟哈布图·哈撒尔王管辖的地域名称，是哈撒尔后裔所属各部的泛称，称为科尔沁部。清朝建立后，将内蒙古49个旗划分为六个盟，其中哈撒尔的后裔管理范围被称为哲里木盟，共由科尔沁左翼前、中、后旗，科尔沁右翼前、中、后旗，扎赉特，杜尔伯特，郭尔罗斯前、后旗这十部组成。新中国成立后，通辽为哲里木盟所在地，管辖范围有所变化。“科尔沁”一词是包含着历史轨迹、部族发展、地域范围多重意义的名称。在这片广阔的土地上形成了科尔沁蒙古族多元、开放的区域历史文化。

本研究选择的具体调查地点为内蒙古兴安盟科尔沁右翼中旗（科右中旗）、内蒙古通辽市、通辽市扎鲁特旗等地。首先，科尔沁右翼中旗和扎鲁特旗均为乌力格尔之乡，旗所在地分别是巴彦呼舒镇和鲁北镇，该地区总人口中，蒙古族群众占总人口比重的80%以上。乌力格尔之乡的由来，最初是1995年被内蒙古自治区文化厅命名为“蒙古族曲艺艺术之乡”，1996 年，被授予“中国民间艺术（曲艺）之乡”等荣誉称号，2006 年，国务院认定乌力格尔为国家级非物质文化遗产，至此发展成了享誉全国的乌力格尔之乡。名誉称号上的乌力格尔之乡，离不开乌力格尔传唱艺人一代又一代的辛苦付出，正因为如此，草原文化才能发扬得璀璨夺目。其次，在地点选择上，参照文化研究专家的调查范围及相关研究，结合前期对乌力格尔文化的调查情况以及笔者长期生活在乌力格尔之乡，对此有些了解和产生的情感等因素的综合考虑，最终确定了研究的调查范围及具体地点。在确定了调查范围及具体地点的基础上，针对调研主题，将调查群体主要集中在民间艺人群体、中老年听众群体、青少年学生群体、文化主管部门负责人群体。其中青少年学生群体样本选取自科右中旗第一中学、科右中旗第二中学、科右中旗第三中学、扎鲁特旗第一中学、扎鲁特旗第二中学、扎鲁特旗职业中学和位于通辽市的内蒙古民族大学的学生，以此作为年轻一代的样本代表。

（二）调查设计与统计方法

采用深度访谈、参与观察和问卷调查等多种研究方法对不同被试群体的相关背景资料，对蒙古英雄史诗的认知、主观态度、文化情感、教育传承方式以及保护等方面的意见建议信息进行收集。深度访谈的对象主要有民间艺人、民族文化传承人、社区民众、民族文化发展机构的工作人员等。通过深度访谈了解史诗传唱者对该文化的认识、态度、情感和价值判断，感受民众心中史诗的意义。以观察者的身份在文化传承中心、社区、博物馆等社会机构中参与民族文化展演过程，观看传承人的表演以及了解观众的态度、行为及表现。问卷调查主要集中在青少年群体的调查运用上，这是一种快捷且能捕捉大量信息的研究方式。针对青少年群体的特点，问卷设计主要基于以下几方面的考虑。第一，问卷设计的目的即调查青少年群体对民族文化的认识、态度、情感以及文化传承现状、主要问题、未来发展意见。第二，正式问卷分为开放式题型和封闭式题型，封闭式题型主要从文化认知、文化情感、文化态度、文化保护、教育传承情况五个维度进行题目组织。开放式题型采用简短问答的方式，就现有问题发表个人见解。第三，在正式问卷发放前，发放了65份预测问卷，回收后针对预测时出现的问题进行修改，进行第二次测试，分别在同一地区的蒙古族学校和汉族学校进行，发放问卷各150份，结合教师及专家意见继续对问卷进行修订，最终形成正式问卷。正式问卷在信度和效度检验上，Alpha信度系数为0.79，说明该量表信度较好，符合问卷调查要求。运用结构效度检验中的因子分析法对该问卷的效度进行检验，得到KMO的值为0.75，大于0.70，说明问卷结构效度良好。之后，进行有计划、有目的的大范围问卷发放。问卷调查采用随机分层抽取的方式，以班级为单位进行集体施测，由班主任或辅导员老师进行现场监督，问卷回答完毕当场提交。调查中共发放问卷2340份，回收2129份，回收有效率约为91%。问卷回收完毕进行数据统计，运用SPSS21统计软件，对基本信息进行描述统计分析，以百分比方式进行结果呈现，具体到各维度问题分析时，分别进行了差异检验和相关分析。

（三）研究过程与实施进展

研究过程中先后多次对说唱艺术演唱者、传承人、观众、文化工作者、青少年学生、教师等一些相关工作人员进行了问卷调查与深度访谈，还观摩课堂教学活动，参与学生扩展学习任务，全面掌握蒙古英雄史诗变化后的新样式——乌力格尔在教育与传承过程中的各种形式。其中，深度访谈分为设计访谈提纲、正式访谈和问题补充几个阶段。调研和访谈等研究过程的具体步骤如下。

1. 问卷的发放与回收。正式问卷形成后，先后到内蒙古兴安盟科右中旗、扎鲁特旗的中学进行问卷发放，由笔者及委托人亲自监督施测，少量问卷由联系好的委托人按照调查要求进行问卷发放与回收，并将现场情况、问卷回收数量、遇到的问题进行反馈。后对回收后的问卷进行有效率统计，剔除空白问卷、重复答题、回答一致、漏题漏选等无效问卷，将有效问卷数据输入统计软件中进行统计检验与分析。

2. 课堂活动观摩学习。在观摩课堂教学活动的调查中发现，并不是所有调研学校均设有相关文化课程活动。尤其是汉族高中，受教学大纲、课程设置、升学压力等影响，在地区特色民族文化课程或校本课程的设置上，几乎没有或相对较少设置与之相关的课程。因此，调查者在仅有的几所设有民族传统文化课程的学校进行了观摩学习，并在课下与学生、教师、管理人员进行了交流与访谈，进一步了解了民族文化内涵、价值功能、教学活动中的问题、传承发展方向等问题。

3. 参与学生扩展学习。扩展学习是教师根据课堂中学生对民族传统文化的学习情况，利用课外闲暇时间对学生进行知识的扩展、延伸和补充学习。为使研究资料更加丰富充实，调查者对学生扩展学习情况进行了调研随访。这一过程中所获得的资料是对学校教育中民族文化传承现状的资料补充。在学校调查中，根据课程学习的扩展任务，参与学生的课外学习活动，目的在于了解学生的学习自觉性与积极性、知识认可度和兴趣点所在。

二、蒙古英雄史诗受众群体现状调查结果与讨论

（一）艺人和中老年听众对蒙古史诗文化的认知与态度

说唱者和听众是口头叙事文化中重要的组成要素，二者的存在构成了口头叙事空间里的主要情境，他们的关系是紧密的、互动的、双向交流的不可分割的统一体。从民间艺人的口述资料中也可了解到，听众是口头叙事语境中的基础，没有了听众，就等于失去了根基。在对蒙古英雄史诗变化后的表现方式之乌力格尔艺术的访谈调查中发现，乌力格尔具有广泛的群众基础——说唱乌力格尔的胡尔奇和听众共同生活在同一文化圈内，有相互交流的语言基础，日常生活中有相通的民族知识，这是认同这门艺术的主要依据。在乌力格尔的历史发展进程中，它的听众有牧民、贵族、本民族及其他民族普通民众等群体。那么，听众群体在乌力格尔艺术中扮演着怎么样的角色？受乌力格尔艺术影响，不同听众又有何感受呢？针对这些问题，对乌力格尔听众群体进行访谈调查，将访谈资料进行整理，归纳出如下观点。

胡尔奇（说书人）认为，听众对乌力格尔艺术的影响主要有以下方面。

1. 制约着胡尔奇对故事内容的讲述。口头叙事故事的内容往往会因听众的文化水平、年龄、职业等因素而受到制约，胡尔奇根据一定故事内容在不同群体中的说唱而进行内容设定和改编，来选择符合听众实际情况的内容进行讲述，乌力格尔具有口头传承文化的特点，胡尔奇说唱的故事没有统一的文本模板，不同的胡尔奇会根据每次说唱过程中受

众的现场反应而进行故事的整理、改编与创作，因此可以说，听众的反馈是胡尔奇故事内容发展方向的重要影响因素之一。正如胡尔奇所说："我们每次说唱的版本都不同，即使是同一个故事，在故事主要内容相同的前提下，每一位胡尔奇的说唱风格、方式、曲调不同，演绎出的感觉截然不同，听众的感受就不会相同。那么，在相同故事内容，同一位胡尔奇演唱的前提下，每一次的演出都大不一样，根据每场演出观众的反馈适时进行内容调整，观众永远是我们的评审，促使我们不断进步。"

2. 考查着胡尔奇的说唱水平。受众群体的存在要求胡尔奇在说唱过程中保持高度集中且达到讲述行为的要求才能将长篇故事表演好，听众是各种不确定因素的诱因，而这一不确定性促使胡尔奇全神贯注进行自己的表演，同时也培养了胡尔奇说唱的思维能力、应变能力和抓住受众注意力的表演技巧。正如胡尔奇所说："我们故事说得好不好，演出效果如何，从观众的情绪表达、到场人数、后续反馈中都能够感受到，根据这些反馈，我们会自我总结，进行相应的调整，努力做到最好。"

3. 品评着胡尔奇表演技术的有效性。胡尔奇的表演方式、表演技巧、展示的能力均会成为受众群体评价的对象，受众群体喜不喜欢、满意与否决定着胡尔奇能否将故事讲完。受众群体对表演评价消极，会直接导致胡尔奇缩短时间，在有限的时间内结束表演；受众群体对表演评价积极，将会提升表演气氛，创造良好的表演情境，使胡尔奇的表演更充分、时间更长。

4. 担当着文化传承者的角色。受众群体在欣赏节目表演的时候并没有产生传承文化的意识，更多的是在听过故事后，那些评价积极的受众群体会产生兴趣和关注，这是故事传播的前提。一旦受众群体产生传播行为，就会增加对故事的重视程度，久而久之，无意识的传承行为会随之产生，由此，听众的身份将会发生变化，他们不仅仅是受众群体，同时是故事的讲述者，形成听众和讲述者间的双向互动，形成自发性的传承意识。一些胡尔奇在访谈中谈道："当乌力格尔被成功收录在非物质文化遗产名录中后，人们对它的认识也渐渐发生了变化，以前只认为它是一种民间艺术、娱乐方式，在大力宣传下，人们逐渐意识到它的民族价值和文化意义，尤其是一些胡尔奇当选为文化遗产传承人后，他们努力提升自身技能，通过各种方式进行文化宣传。在传承形式上，有师父带徒弟，有兴趣班教学，有公益展演进社区等多种方式，致力于文化传承的行动中，从文化意识和民族情感上都有很大提升。"

听众群体认为乌力格尔艺术对其生活的影响主要有以下方面。

1. 认为其是人们沟通外界获取信息的桥梁。乌力格尔的演唱内容不是以文字的客观存在形式保存，而是以胡尔奇的口头传唱世代相习。当时生活在科尔沁草原上的牧民，他们的生活方式单一，在缺乏广播电视等传播沟通媒介时，牧民将听乌力格尔当作一种农闲时的文化娱乐活动，而此时的胡尔奇哪里需要，他们就去哪里，不受限制，听胡尔奇讲故事既能丰富生活又能从故事中了解过去及其他民族的文化生活，发展中的乌力格尔越来越多地融入了其他民族的故事，如将四大名著以蒙古族的语言和方式进行改编演绎，这样既能将其他民族文化融入蒙古族文化生活中，又能增进牧民对其他民族文化的认识，从而以文化娱乐方式搭建了民族间相互了解沟通的桥梁，促进了民族融合与发展。在访谈中有听众这样说："从小家里边没有广播电视，听说书人讲故事才了解到一些历史内容，尤其是其他民族（汉族）的一些文化，通过说书人的演绎，记忆得更为深刻，从小对历史故事的学习就是以这一方式开始的，所以大家特别喜欢说书人，他们特别受欢迎，每次来讲故事都会讲上一两个月，带来新内容，让我们又增长了见识。”

2. 丰富人们的生活娱乐方式。在现代传播媒介应用之前，生活在科尔沁草原上的牧民们娱乐方式有限，除传统大型体育娱乐方式外，在闲暇时观看最多的曲艺表演就是乌力格尔，它成了草原民众生活中不可缺少的娱乐方式之一，为民众生活增添了色彩。在访谈中有听众这样说："在没有更多更丰富的娱乐方式条件下，观看胡尔奇的说书表演是最有意思的事情了，之前，只有农闲时或是举办盛大节日的时候，才有胡尔奇来表演，其他时间还是很难听到的。在观看胡尔奇表演时，邻里乡亲聚集到一起，热热闹闹的，特别开心，这一方式既丰富了生活，又增进了感情。在现当代社会中，虽然娱乐方式增多了，但我们还是比较喜欢听胡尔奇说故事，这已经形成一种习惯，只不过现在听书的方式变化多样，可以去说书馆听，可以网上听，可以在收音机里听，很方便。除此之外，因为喜爱乌力格尔，人们还积极参加政府、公益团体、社会组织开展的各项艺术活动，增加了娱乐方式，丰富了文化生活。”

3. 满足人们的精神需求，提升艺术审美水平。乌力格尔并不是简单理解上的说唱艺术，它是蕴含说唱、叙述、表演、解说为一体的综合艺术形式，在其发展过程中吸收了本民族其他艺术，如祝赞词、民歌等形式，更多的是融合了汉族文化精华，这样既丰富了草原民众的文化生活，也满足了民众对民族文化精神上的需要与追求。与此同时，受众群体在欣赏乌力格尔时，不断接受胡尔奇所讲述的故事内容，开拓了知识视野，在对话与互动中提升了欣赏水平。

以上是对具体访谈内容进行的观点总结和归纳。对喜欢说书艺术的受众群体所进行的访谈呈阶段性，是针对研究问题制定的访谈内容，还有些内容是在具体的访谈过程中临时提出来的，访谈中所涉及的一些问题能够在很大程度上反映民众对说书艺术的认知、基本观点和个人经验。

（二）文化部门工作者们对蒙古史诗文化的认知与态度

自新中国成立以来，我国民族文化事业不断发展。相关文化部门针对本民族本地区特色文化开展文化建设，以此促进民族文化的发展、保护与传承。蒙古英雄史诗作为蒙古族特色文化中的代表，经历了繁荣、停滞、复兴、改革等多个发展阶段。在各个阶段中，文化工作部门的工作重点不同，人们对民族文化的认知和态度亦有不同。

对蒙古英雄史诗历史地位与作用的认识。在这一问题的考察上，董新国研究员这样认为："蒙古英雄史诗的说唱艺术，一方面它作为一种艺术表现形式，本身是对民族地区社会生活的反映。一部优秀的说书曲（书）目以生动鲜明的艺术形象，真实地再现与少数民族相关的自然和社会生活中的各种场景，反映着这个民族一定历史时期的政治、经济与文化以及社会风俗习惯、不同阶层民众的精神面貌、各种现实关系，使听众获取关于民族历史与现实的认识。另一方面，蒙古英雄史诗的说唱艺术发挥着它浓缩与再现现实的作用，将千百年草原上的社会生活展现在观众面前，通过精彩的故事内容和艺人出色的说唱最大程度上再现草原民众的生产生活，展现草原文化的魅力。换言之，草原文化通过说唱艺术的浓缩、再现和诠释，必会得到很好的继承与弘扬。”①

对蒙古英雄史诗文化的宣扬与发展。新中国成立至今，为宣传和弘扬蒙古英雄史诗等一些民族文化艺术，我国相继成立了民族曲艺团、蒙语说书馆，开办广播节目等一系列活动，众多说书艺人深入基层，通过说唱乌力格尔，宣传教育广大农牧民群众，极大地活跃了基层民众的文化生活，使民族文化事业进入繁荣发展时期。据科右中旗文化馆工作人员白音特古斯介绍：“1949 年，旗政府组织曲艺艺人座谈会了解艺人情况，帮助艺人解决生活困难，委派文化干部着手组织流散艺人，采取分批分期式集中学习，帮助他们提升思想觉悟，鼓励他们好好说书，积极参加新中国建设；1953 年，旗文化馆成立，最初只有五名成员，贺喜格任馆长，当时文化馆的主要工作任务就是辅导和组织民间蒙语说书艺人积极参加活动，教唱歌曲，开展报刊阅读等文化活动；1954 年，乌力格尔艺人孟根高力涛当选第一届政协委员，同年，旗政府批准成立民间艺人联合会，在努图克设立分会，工作重点为负责管理民间艺人；1955 年，内蒙古文联、内蒙古文化局在乌兰浩特市举办民间艺人培训班，参加此次培训班的胡尔奇年轻人居多，平均年龄在三十岁左右；1956 年，在高力板镇建立全旗第一座蒙语说书馆，入驻的首批乌力格尔艺人有孟根高力涛、青龙、合顺、德力格尔、朝格图、希鲁斯等人，他们奠定了乌力格尔文化传承的艺术体系；1957 年到 1965 年，分别成立了旗文化工作队、民族曲艺团和乌兰牧骑等多个文艺组织机构，多次召开民间艺人试点工作会议，形成了《科右中旗民间艺人联谊会章

① 包文成．乌力格尔论文集［C］．乌兰浩特：兴安盟乌力格尔学会，2006：51.

程》，多次成功举办蒙语书曲训练班。20世纪六七十年代，民族曲艺团被迫解散，蒙语说书馆被迫停办，民间艺人（胡尔奇）们被迫中止了一切活动，严重影响了民族文化事业的发展，有些艺人在此期间放弃了喜爱的艺术，被迫从事其他职业。直到党的十一届三中全会以后，民族文化事业陆续恢复。1979年，科右中旗出台了《民间说书艺人管理办法》，广播电台恢复播放乌力格尔节目，乌兰牧骑恢复建制。此后多年，多次开展了有领导、有组织的抢救当地民族文化艺术遗产的工作。2006年，乌力格尔被成功申请成为第一批国家级非物质文化遗产，受我国法律保护。各部门致力于非物质文化遗产的保护与传承，开展了专项工作，如建立艺人档案，搜集乌力格尔说书本子，组织文化活动下乡展演，建立文化遗产传承中心，组织乌力格尔培训班等多项工作，对乌力格尔文化艺术的保护与传承起到了至关重要的作用。今后，工作的重点在于如何把这一民族文化更好地传承下去。"

对蒙古英雄史诗文化保护与传承的态度。民族文化的保护与传承是文化部门主要的工作内容之一。内蒙古兴安盟科右中旗文体广电局的高金虎谈道："为使乌力格尔这项民族民间文化遗产得到保护、挖掘、传承和发展，科右中旗乌力格尔艺术协会在上级主管单位的支持下，由协会和文化馆共同组成民间文化艺术搜集小组，长期深入基层，搜集整理民族民间文化遗产，向老艺人了解已故著名艺人小传，搜集相关图片、民间故事、曲艺音乐等，并将其编撰出版，形成了重要的史料基础。同时，抓住农闲时节，积极支持村镇文化站，邀请说书艺人边说边唱，以讲解的形式培养青年爱好者，并将各基层单位选送曲目通过广播电视等媒体进行录制、播放和存档。在取得了可喜的成绩后，未来在保护和传承上，将继续邀请德高望重的老艺人进行专业培训，提升以中、青年为主的乌力格尔艺人队伍的整体水平；积极扶植新人，吸纳新会员，壮大乌力格尔艺人队伍；继续加强对乌力格尔历史与现状的调研，开展乌力格尔艺术基础理论的学习与研究；深入挖掘、抢救、搜集和整理乌力格尔传统曲（书）目；对取得优异成绩或做出突出贡献的艺人们进行特殊奖励；加强有关部门间的相互联系、相互沟通，共同促进民族文化各部门工作者及相关机构的交流互动与发展。”①

对蒙古英雄史诗文化专业人才的培养。在调查研究过程中，相关文化部门的工作者从民族文化人才培养的角度谈民族文化发展与传承问题。民族少年艺术团工作人员魏翠华谈道：“随着人们对民族文认知心理的变化以及文化欣赏的选择程度增加，反映蒙古民族特征具有悠久历史的乌力格尔艺术有可能仅会在蒙古族聚居地的部分地区处于活跃状态，而观众们则会要求具有更多时代精神和现代信息的曲目出现，为使乌力格尔艺术更好地生存与发展，应从乌力格尔人才培养与创新的角度进行思考。乌力格尔艺人们大多出身贫寒，接受正规教育的机会有限，文化水平有限，很难将掌握的知识上升为理论高度进行系统的整理。通过口传心授、师徒相传的口头教育方式进行传承，这一方式沿袭多年，确实培养出大批优秀的乌力格尔人才。但时代在进步，新时期需要更全面的乌力格尔人才才能适应当下现代文化的要求。我们的民族歌舞团在代钦塔拉中心校建立了民族艺术重点人才培训基地，让越来越多的乌力格尔爱好者走进校园、走入课堂，接受高等艺术教育，在教学方式上仍

① 包文成．乌力格尔论文集［C］．乌兰浩特：兴安盟乌力格尔学会，2006：74.

然保留着原有的口头教育方式，只是由一对一转变为课堂教育。新时期的乌力格尔人才应在文化方面，熟悉乌力格尔艺术本身，熟练掌握与文化相关的现代科技，不断吸收其他民族的优秀文化，继承和发扬本民族文化还需提升自身的道德修养；在艺术创作和表现上，要追求大众化、艺术化，要适应青少年观众的审美趣味，这样才能使乌力格尔艺术适应飞速发展的新时代，不断发展和传承下去。”①

在对文化部门相关人员的访谈调查中了解到，他们担任着民族文化的传播者、保护者、宣传者等多个文化角色，他们眼中的蒙古英雄史诗文化有着重要的历史地位和文化功能，经历了不同时期的发展，文化工作者们见证了史诗文化的成长与变革，为保护和更好地传承史诗文化，各个文化部门的工作者们不断努力，响应国家政策，采取相应措施，取得了可喜的成绩，但在获得肯定的同时也意识到问题的紧迫性和尖锐性，他们不断反思和总结，从各个角度提出意见和建议，来保障民族文化艺术的继承、弘扬、繁荣与发展。

（三）青少年群体对蒙古史诗文化的认知与态度

面对年轻一代的学生群体，在问卷设计过程中，主要考虑对民族文化认知、情感、态度、活动参与以及传播方式倾向等方面的调查。问题分为开放式题型和封闭式题型两类，封闭式题型的目的在于了解学生群体对文化认知、文化态度的情况，再辅以访谈和开放式回答的形式了解学生群体认为民族文化保护与传承面临的问题及相应的对策建议。在对具体维度中的问题进行统计结果分析前，对调查中被试群体基本信息的

---

① 包文成．乌力格尔论文集［C］．乌兰浩特：兴安盟乌力格尔学会，2006：100.

描述统计结果进行说明（见表4）。作为被试群体的基本参考信息，主要涉及性别、民族、年级、蒙汉学校、父母文化程度、蒙语水平等。

表4　被试群体基本信息情况的描述统计结果（%）

类别	性别		民族		学校类型		父母文化程度			
	男	女	汉族	蒙古族	非民族学校	民族学校	高中	专科	本科	其他
比例	44.6	55.4	27.6	72.4	49.8	50.2	48.6	10.3	5.9	35.2

在本次调查中，为减少误差，在被试男女比例分配和蒙汉学校选取人数上，进行了分层随机抽取，比例分布较为一致。父母文化程度主要集中在高中文化水平，整体文化层次分布不均。从上表被试人数在民族分布比例上看，有较大悬殊，主要是因为调查地点选取在内蒙古东部地区，该地区蒙古族人口占总人口比例的80%以上，是内蒙古自治区蒙古族人口的主要聚集地。虽然调查中分为民族学校和非民族类学校，但有一些蒙古族学生没有选择民族学校的教育，从小入读非民族类学校接受教育，因此，在民族比例上会出现比例悬殊现象。

1. 年轻人对蒙古史诗文化的认知程度

在文化认知水平上，问卷的问题涉及被试群体对文化概念的理解、文化属性、说唱艺术涉及的内容、是否感兴趣等方面，现从以下几个方面对统计分析结果进行阐述。

首先，从非物质文化遗产概念到蒙古族非物质文化遗产项目，再具体到乌力格尔说唱艺术的认知情况。

表 5　被试群体对民族文化的认知情况（%）

因素	非常了解	比较了解	不太了解	完全不了解
非物质文化遗产	3.4	44.9	49.3	2.4
蒙古族非物质文化遗产	21.0	30.6	40.9	7.5
乌力格尔	3.7	55.3	33.7	7.3

表 6　不同性别、民族、学校类型的被试群体在民族文化认知上的差异检验（T）

因素	性别（男/女）	sig	民族（蒙古族/汉族）	sig	学校类型（汉授/蒙授）	sig
非物质文化遗产	4.123*	.043	.022	.881	.124	.724
乌力格尔	34.877**	.000	.133	.716	24.739**	.000

注：**表示在 0.01 水平上显著 *表示在 0.05 水平上显著。

从表 5 和表 6 中显示的结果看，所有被试群体在对文化认知度上呈正态分布趋势，调查结果集中显示在“比较了解”（44.9%、30.6%、55.3%）的状态下，说明大部分学生对民族文化是有一定了解的，但是，从上表数据中也反映出一个问题，身处少数民族地区受民族文化熏陶，近40%的学生对本民族文化了解甚少。在进一步对不同因素在不同维度上的差异检验（T 检验）中发现，男生和女生对文化概念理解的程度出现显著性差异，男生优于女生（M=2.52>M=2.24）；而不同的学校类型，就读在民族学校的学生和就读在非民族学校的学生，在对蒙古族说唱艺术——乌力格尔的认知度上出现了显著性差异，民族学校的学生优于非民族类学校的学生（M=2.57>M=2.04），进一步调查分析原因发现，就读于民族学校的学生，在从小生长的家庭环境中受民族文化的影响较大，与家庭教育有关，进入民族学校接受教育后，文化语境没有太多变化，学校注重培养学生对本民族文化的认识，这进一步说明家庭教育与学校教育的熏陶共同促进了学生对本民族文化的认知。

其次，从对蒙古史诗说唱艺术的喜好程度、兴趣度方面考查被试群体对民族文化的认知情况。

表7　从听过或看过的角度来反映被试群体对蒙古史诗说唱艺术的喜好程度（%）

因素	经常	有时	很少	没有
乌力格尔	8.6	50.1	27.8	13.5

表8　不同性别、民族、学校类型的被试群体观赏蒙古史诗说唱艺术的差异检验（T）

因素	性别（男/女）	sig	民族（蒙古族/汉族）	sig	学校类型（汉授/蒙授）	sig
乌力格尔	.330	.566	3.436	.064	52.483**	.000

注：**表示在0.01水平上显著。

表9 被试群体的亲朋好友对蒙古史诗说唱艺术的喜好程度（%）及差异检验（T）

因素	很多（5人以上）	有些（3~5人）	很少（1~2人）	没有	学校类型（汉授/蒙授）	sig
乌力格尔	35.6	39.6	17.9	6.9	60.322**	.000

注：**表示在0.01水平上显著。

在问卷调查中，为了解被试群体对民族文化认知程度，并没有完全采用“知不知道”“是不是”的直接问法，而是变化问题的方式，从被试群体对蒙古族变化史诗说唱艺术的喜爱程度、家人是否感兴趣的角度间接反映问题，以此来避免被试群体的回答受提问方式影响而偏离主观意愿，导致调查结果缺乏客观性和真实性。上述调查结果中，从听过或看过说唱表演的频次上看，“经常看”和“没看过”的人数分别占被试总体的8.6%和13.5%，其他大部分被试者有多次观看表演的经历，占被试总体的50.1%，还有27.8%的被试者表示听过或看过说唱表演，但次数不多。进一步对统计结果进行差异检验时发现，不同性别和不同民族在这一因素上并未达到显著性水平，不存在差异，但在选择“经常”和“有时”选项上，蒙古族被试群体要多于其他民族被试群体。而不同学校类型在这一因素上的检验出现了差异结果，达到了显著性水平，说明在观赏说唱艺术的频次上，民族学校的学生比非民族类学校的学生观赏次数多（M=2.88>M=2.09，P<0.01），同时也反映出民族学校的学生对说唱艺术的喜好程度高。为了进一步探讨民族学校学生喜好程度高的原因，从亲朋好友对说唱艺术的兴趣度上又做了调查，结果显示亲

人、朋友对文化的喜好会影响身边其他人对文化的认知。如表 9 所示，被试群体的亲朋好友中喜欢说唱艺术的人在 5 名以上的占 35.6%，3~5 人的占 39.6%，1~2 人占 17.8%。其中，民族学校学生的亲朋好友中喜欢说唱艺术的人数显著多于非民族类学校学生的亲朋好友人数（$M=3.36>M=2.63$，$P<0.01$）。这进一步说明了民族文化环境、家庭环境对民族文化的熏陶影响个体对民族文化的认知及喜爱程度。

2. 年轻人对蒙古史诗文化的情感与态度

对民族文化情感与态度的问卷调查是通过文化影响因素、学习民族文化的态度、参与文化活动的行动、文化传承的信心等方面进行考查。

表 10　以说唱艺术形式学习蒙古族民族文化（%）

因素	非常愿意	比较愿意	不太愿意	不愿意
乌力格尔	8.6	50.1	27.8	13.5

首先，学习民族文化、参与文化活动的态度。表 10 显示的结果，是通过说唱艺术的形式对蒙古英雄史诗等民族文化学习意愿的调查，以学习民族文化意愿的方式来反映对文化传习的态度。在结果中，有 8.6%的学生非常愿意用此方式学习民族文化，还有 50.1%的学生表示出比较愿意的态度，27.8%和 13.5%的学生表达了他们并不喜欢用这样的方式来学习民族文化。不同性别、不同民族、不同学校的学生在这个问题上表达的态度并没有显著差异，说明在学习态度上，不受性别、民族、学校等因素的影响，与个体对文化的了解、传统学校学习方式有关。

表 11 参与民族文化保护与传承的活动（%）

因素	非常愿意	比较愿意	不太愿意	不愿意
乌力格尔	59.5%	35.9%	3.9%	0.5%

表 11 是对是否愿意参与民族文化保护与传承活动的意愿调查结果。从结果中可以看出，绝大多数的学生愿意参加与民族文化保护与传承相关的活动。经差异检验分析，对于参与民族文化活动的态度意愿，在民族、学校等因素上不存在差异，无论是蒙古族学生还是在民族学校就读的学生，他们与汉族学生以及在汉族学校学习的学生表达的意愿相一致，学生们多数愿意参加民族文化活动来了解优秀的民族文化遗产。

其次，对民族文化存在的价值与教育意义的看法。这一问题在问卷中的提问方式是以蒙古族说唱艺术乌力格尔为代表进行的问题设置，以具体的文化遗产形式为切入点对民族文化存在的价值与意义的态度展开调查。被试群体回答的情况如图 1 所示，有 72.3%的学生认为非常有意义，25.5%的学生认为还是比较有意义的，仅有 2.2%的学生不能理解其价值所在。在深入调查具体价值表现上，被试群体的回答主要集中在能够了解民族历史与文化、沟通民族情感，还有一部分被试群体从识别民族身份的角度分析了文化价值所在。在大学生被试群体中，绝大多数学生认为民族文化的价值不仅在于对民族历史的认知，更重要的深层意义是对“民族”——一个族群整体的认同以及唤起民族凝聚力方面具有重要价值。

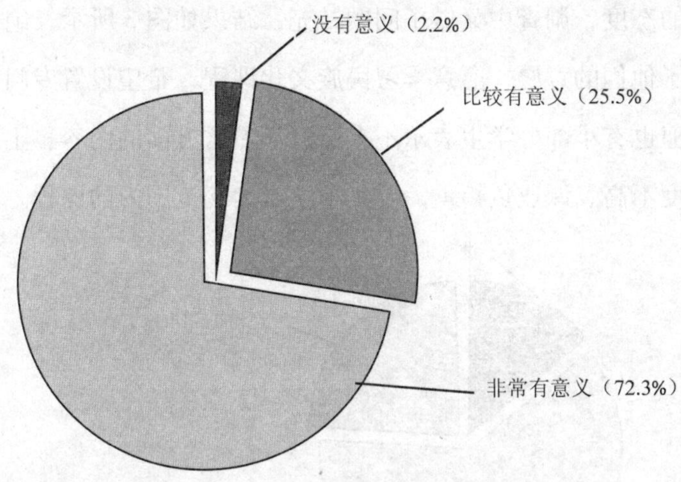

图 1　关于民族文化价值与意义的态度

最后，在学校中开设专门课程学习民族文化的态度。对于青少年而言，在学校中接受民族文化知识的教育是传习民族文化内涵与精神的主要方式。调查发现，在内蒙古东北部地区，大部分中学并没有专门的民族文化课程设置，而在大学课堂上，会以文化专题课程的形式传递民族文化知识。在对学生的调查中，结果如图 2 所示，有 14. 2%的学生表示在课堂上学习过民族文化知识，老师经常讲授一些民族文化内容；有 61. 7%的学生表示课堂上很少听到老师讲授相关内容；有 24. 1%的学生表示，课堂中他们没有接受这方面的学习。经进一步证实得知，调查中学生们表示的“偶尔讲”只是在课堂上老师讲解大纲范围内的历史课程时，偶尔会提及一些有关民族文化方面的内容，并没有专门的课程设置，而一些回答“经常讲”的学生中，有一部分是大学生，他们表示在选修课设置上学校会安排一些与民族文化有关的课程供学生选择学习，另外还有一些专题讲座。为进一步了解学生们对开设学习民族文化专属课程的态度，调查中又做了问题补充，结果如图 3 所示，绝大部分学生表达了他们的意愿，愿意学习民族文化课程，希望设置专门课程进行学习。但也有小部分学生表示不太愿意学习这方面的内容，主要原因在于兴趣度不高、课业负担重、要集中学习大纲范围内的课程。

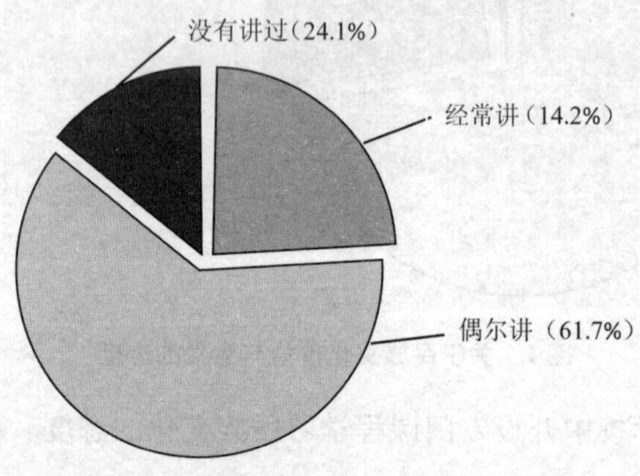

图 2 课堂中讲授民族文化知识的情况

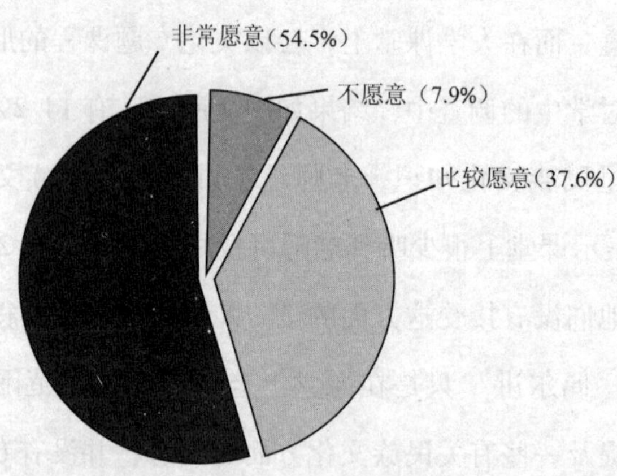

图 3 开设专门课程学习民族文化知识的意愿

3. 年轻人对蒙古史诗文化教育传承方式的选择倾向性

这一维度的问题设置，集中在多种文化传播途径的选择倾向性上。有以家人为代表的家庭式传统传播方式、以学校为代表的教育传播方式、以社区为代表的社交文化活动传播方式以及以现代传媒为代表的传播方式。面对家庭传播方式的滞后、学校传播方式的严重缺失，年轻人更倾向于选择以怎样的方式获取民族文化知识呢？调查结果如下表所示。

表 12　是否愿意以讲座、兴趣班的方式学习蒙古史诗文化（%）

因素	非常愿意	比较愿意	不太愿意	不愿意
乌力格尔	32%	57.5%	8.6%	1.9%

表 13　不同类型的学生在蒙古史诗文化学习方式（讲座、兴趣班）上的差异检验（T）

因素	性别（男/女）	sig	民族（蒙古族/汉族）	sig	学校类型（汉授/蒙授）	sig
乌力格尔	7.463**	.006	.071	.790	.461	.498

注：**表示在 0.01 水平上显著。

首先，在以组织社会活动作为民族文化传播途径的调查中，在问题设置上具体到讲座、培训、开设兴趣班等活动方式上。从调查结果看（表 12），有 32%的学生表示非常愿意用社会活动的方式学习民族文化，

57.5%的学生也表达了对这一方式的喜爱，还有一小部分的学生不太愿意接受这样的方式，他们认为社会活动的方式传播范围有限，对活动本身不感兴趣直接影响文化传播效果。同时，在不同类别的差异检验中(表13)，民族和学校各因素的比较不存在差异，而男生和女生在这一传播方式的看法上出现显著差异，与男生的选择相比，女生更喜欢这一方式（$M_{女}3.22>M_{男}=3.15$，$P<0.01$）。她们表示这一方式有效、快速、文化资源比较集中，可根据自己的喜好更系统地学习民族文化。

表 14　与课堂讲授相比是否愿意利用社会资源学习蒙古史诗文化（%）

因素	非常愿意	比较愿意	不太愿意	不愿意
乌力格尔	44.5%	51.1%	3.5%	0.8%

表 15　不同类型的学生在蒙古史诗文化学习方式（利用社会资源）上的差异检验（T）

因素	性 别（男/女）	sig	民 族（蒙古族/汉族）	sig	学校类型（汉授/蒙授）	sig
乌力格尔	2.353	.126	10.879***	.001	3.204	.074

注：＊＊＊表示在 0.001 水平上显著。

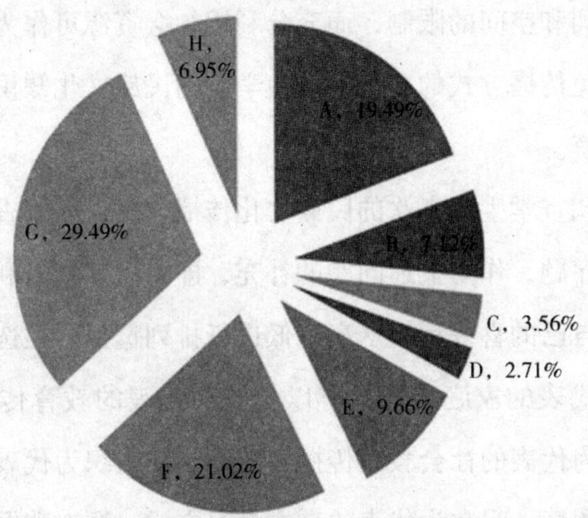

图 4　民族文化传播方式的喜好程度

结合学校教育方式和现代传媒方式两方面考虑而进行问题设置所得出的调查结果，如表 14 所示。在社会资源的界定上进行了举例说明，涉及如广播、电视、网络、博物馆、文化馆、资料馆等内容。从上述结果可以看出，相对于学校课堂讲授的传播方式，学生们更愿意选择以利用社会资源的方式进行文化学习及文化传播。有 44.5%的学生表示非常愿意，51.1%的学生表示比较愿意，还有一小部分学生表示并不喜欢这一传播方式，认为在学校设置专门课程进行系统学习的方式是民族文化传播最有效的方式。同时，在不同类别的差异检验上，性别、学校等各因素并未达到显著性差异水平。而不同民族，即蒙古族学生和汉族学生在选择方式的意见上出现了显著性差异，相对于汉族学生，蒙古族学生更愿意利用这一方式进行民族文化学习，更喜欢这样的文化传播方式（$M_{蒙}=3.43>M_{汉}=3.02$，$P<0.01$）。他们认为，利用现代媒介和丰富的社会资源可以打破局部传播的界限，无论在哪儿都能学习到本民族的文

化，不受时间和空间的限制，而充分利用社会资源可作为学校传播方式的补充，避免传播方式的单一化，使学到的民族文化知识更形象、更生动、更易理解。

为充分调查学生们喜欢的民族文化传播方式，在调查中特别设置了一项选择排序题，作为上述问题的补充，即将现有可以利用的方式进行排序，根据自己的喜爱程度从高到低进行排列选择。在选项设置上有以亲朋好友为代表的家庭传播，有以学校为代表的教育传播，有以博物馆、文化站为代表的社会教育传播，有以活动组织为代表的民间传播方式，还有以阅读、观赏为代表的自主学习方式。调查数据结果如图 4 所示，在所有序列中，排在第一位的是博物馆、文化站等社会资源为代表的传播方式（G 项），紧随其后的是利用网络、媒体的现代媒介传播方式（F 项），第三位是以亲朋好友为代表的家庭式传播方式（A 项），以下依次是民间组织的活动宣传方式（E 项）、学校教育方式（B 项）、自身学习方式（H 项）、培训班（C 项）和社区讲座（D 项）。从这一调查结果中不难看出，传统的家庭教育在民族文化传承上有其不容忽视的重要性，这一方式在很大程度上依然受到人们的青睐。面对现代社会的信息化发展，传统的、封闭式的文化环境被打破，文化趋向多元化发展。社会发展和文化变迁使得少数民族传统文化生存所依赖的原有生态环境、社会环境发生改变，原有的活态传承方式不能很好地适应现代社会发展，传统传承场面临消失的危险，传承人出现断代现象，处处威胁着民族文化的传承与发展。而当下，年轻人接触到更广泛、更前沿的文化，但渐渐忽视了民族传统文化，同时，传统的传承方式已不能很好地发挥作用来满足年轻人对传播方式快速且便捷的要求。上述调查结果也显示，年轻人更倾向于利用有效的社会资源、开放的网络资源来学习民族文化，更倾向于以现代传媒为主的传播方式。

（四）蒙古英雄史诗受众群体现状调查结果的讨论

经过长期的历史实践而形成的民族传统文化，是民族创造积累下的成果，它是民族的象征、民族精神的反映，对民族团结稳定、和谐发展、繁荣进步具有不可替代的作用。蒙古英雄史诗作为蒙古民族历史文化成果的代表，具有非常鲜明的草原文化气息，民族特色明显。蒙古英雄史诗中的内容，反映了蒙古民族的历史文化，融入了更多蒙古族群众的民族情感，从中可以感受到蒙古民族所具有的性格特征以及不同历史时期下蒙古民族的文化精神与价值取向。因此，保护、维护、发展、传承蒙古英雄史诗文化，有助于提升年轻一代的民族归属感和认同感，有助于增强民族间的和谐稳定、共生共荣。随着经济全球化与文化多元化世界格局的产生，许多民族地区的政治、经济、文化生活都发生了巨大转变，而蒙古英雄史诗所代表的蒙古族在传统文化传承与发展上同样也面临着前所未有的挑战。在这样的背景下，如何使民族文化继续发挥其功用，是值得思考的问题，而教育作为民族传承创新的重要途径，应发挥其优势，承担起相应的责任和义务。①

从上述调查结果中不难看出，蒙古英雄史诗的受众群体主要集中在中老年群体，中老年听众对蒙古英雄史诗的喜爱源于一种民族文化的“情结”，他们从小受家庭环境、文化生态环境的影响，同时，在当时

① 包莹，栗洪武．蒙古族教育研究热点的主要领域与发展趋势——基于 CNKI 学术期刊 2000—2013 年文献的共词可视化分析［J］．西北民族大学学报（社会科学版），2014（6）：155.

的文化背景下，蒙古英雄史诗艺术的表演，是草原人民主要的生活娱乐方式，也是同外界沟通、了解不同民族文化的主要渠道，因此，蒙古英雄史诗的说唱表演艺术深受群众喜爱，具有广泛的群众基础。但随着时代的发展、社会的进步，草原人民的生活娱乐方式愈加多元化，接触到越来越多的文化艺术形式，传统的蒙古英雄史诗的表演形式很难满足人们的生活娱乐需求，愈加边缘化，而原有的群众基础也倾向于老龄化。随着蒙古英雄史诗的艺术表演形式被成功申请为国家级非物质文化遗产，相应的文化保护部门积极行动起来，为保护蒙古族文化遗产开展了一系列工作，取得了显著成效，如为传承人、民间艺人建立文化档案、设立专项资金进行保护，定期开展文化下基层服务，制定相应保护政策，积极拓宽文化传播途径等措施，较之过去成效显著，但还存在政策制定后实施不到位、资金不足、艺人和相关工作人员保护意识有待提升等问题。民族文化的传承需要新鲜血液的注入，而民族文化的主要传承主体中的年轻一代对文化的认知、情感和态度却让人担忧。在调查中年轻的听众非常少，同时年轻一代在现有的学校教育中接收到的民族文化情况还很不乐观，学校在民族文化的教育与传承上还有许多不足之处。

首先，针对年轻人所代表的受众群体，学校对民族文化教育的重视程度有待提升。在调查走访的各类学校中，无论是民族学校还是非民族学校的学生、教师及相关工作人员，对本民族文化进行教育普及的认知都普遍不足。学生对文化的了解主要源于家庭成员潜移默化的影响，而一些汉族学生或从小入读非民族学校的蒙古族学生，在家庭中没有民族文化艺术氛围影响，在学校中没有专门课程学习，在社会中很少参与民族文化活动，学校教育与文化生活相对分离，导致学生民族传统文化教育缺失。而学校，作为民族文化传承的载体，一直将主要任务集中在完成教学计划和教学大纲设定的相关课程内容上，培养学生计划范围内的知识能力，却忽略了对学生进行民族文化知识素养的培养，对民族文化的传承教育重视程度不足。这样导致的显性结果，即民族教育设施配比严重不足，缺少民族文化课专任教师，传递的知识有限，授课时间被严重压缩或直接取消，而学生学习到的民族文化知识只涉及文化外在表现形式上的一些碎片化内容，民族文化中深层的、内隐的精神和价值却很少涉及。这样，就直接影响着学校教育在民族文化传承上的作用与效果。

其次，针对年轻人所代表的受众群体，民族文化传承形式单一。长期以来，年轻人对民族文化的认知主要源于家庭和学校的教育，而这两种教育在文化传承上具有一定的局限性。我们知道，政府及教育部门主要关注与国内保持一体化的知识学习体系，对民族传统文化的多元化知识学习体系构建不足。面对经济全球化和现代化发展的形势，民族传统文化的传承问题愈加突出，各级政府及教育主管部门也意识到了多年来对民族文化特色教育资源的开发、利用与传承重视不够，缺乏配套的政策支持，[①] 因此，提出了一些建议与帮助，如组织民族文化进校园活动、实行三级课程管理模式、鼓励校本课程开发、倡导地方课程研究等一系列举措。但学校在执行上体现出更多的被动性，有些学校开设了与民族文化相关的校本课程。在调查中也发现，从学校类型来看，在一些

---

① 包莹，栗洪武．蒙古族教育研究热点的主要领域与发展趋势——基于 CNKI 学术期刊 2000—2013 年文献的共词可视化分析［J］．西北民族大学学报（社会科学版），2014（6）：155.

民族学校会涉及蒙古族传统文化的教育，而在少数民族地区的非民族类学校中却很少讲授；从课程设置上看，有些学校设置了与民族文化相关的课程，在课程安排上也给予地方课程课时安排，但在实施上并不让人满意。这也说明，蒙古族文化的传承与创新应注重政策保障，学校应利用好民族特色资源，开展生动有效的民族文化教育实践活动，而不是仅有的几所民族类学校开设相关课程，课程设置形式化，难以达到实质性的课程效果，学生若在这样的课堂中接受民族文化知识的传递，也很难维持对民族文化知识的关注度和学习兴趣。家庭中的教育、学校课堂的讲解，形式单一，无法做到有效的传承。

三、蒙古英雄史诗教育传承困境的主要表现

（一）传统师徒式传承的困境

“父子相传，师徒相授”的口头教育传承模式是蒙古英雄史诗艺人学习以及民族文化传承的传统方式。民间艺人通过这样的学习获得社会的认可，所以传唱英雄史诗的民间艺人是蒙古英雄史诗得以延续和发展的推动者。蒙古英雄史诗的艺人口头传承方式在历史上起到了不可替代的作用，具有重要意义。如今，随着社会的发展，科技的进步，人们生活水平的提升，娱乐活动内容的丰富，人们的思想观念随之更新，现有的改变对大量民俗文化造成冲击，蒙古英雄史诗的发展亦是如此。

首先，活态史诗资源日渐消失。内蒙古巴尔虎地区和科尔沁地区是蒙古英雄史诗在中国境内的两个重要的发展中心，据博特乐图等史诗研究者们的调查发现，如今巴尔虎地区尚未发现有艺人能够完整地讲述一

部史诗，这说明活态史诗传承人及活态演述的史诗艺术很可能失传或面临失传的危险，而在科尔沁地区还有一些活态史诗流传，但情况也很不乐观，许多杰出的民间艺人渐渐老去，他们世代积累的珍贵艺术得不到延续，缺少传承人，史诗处于断流的边缘，史诗存在的空间及史诗艺人的活动领域逐步缩小，有些地区的史诗已退出了人们的日常生活，还有些甚至失去了原有的文化功能。

其次，史诗受众的群众基础动摇。在现代社会中史诗艺人在群众中表演的机会日渐减少，影响了史诗艺术的宣传与传播，人们对其认知度不高，尤其是年轻一代不断追求新鲜事物，在心理上并不愿去了解和学习民族文化。有调查显示，60 岁以下的群众对蒙古英雄史诗艺术的了解不多，兴趣淡薄，关注度不高；60 岁以上的部分牧民群众了解一些关于史诗艺术的相关情况，但只停留在片段记忆中，只能对某一个短篇故事、故事情节、故事片段进行记忆。[①] 调查结果进一步说明史诗的口头传承方式并未在群众中起到很好的推动作用，传统史诗正在失去它的演述市场以及赖以生存的群众基础。

最后，师徒式口传心授方式不能适应现代社会文化发展的需要。随着现代社会的发展，多元文化格局的形成，其他文化的不断冲击，蒙古英雄史诗的传承陷入困境，还有一些史诗受此影响发生了巨大变化，更多地融入了其他民族文化的思想内容，将传统史诗进行加工改造来满足文化发展需求。而传统史诗的师徒式口传心授的传承方式虽具有重要作用，但传承效果不再显著。信息化、技术化社会的发展，

---

① 博特乐图．表演、文本、语境、传承：蒙古族音乐的口传性研究［M］．上海：上海音乐学院出版社，2012：306.

使得人们更倾向于以简便快捷的学习方式来获得知识技艺，而这一方式需要更长的时间和适应过程才能习得知识技艺，这样的方式方法影响了民族文化本身的价值以及传承效果。民族文化自身发展困难也影响着文化传承，甚至影响年轻一代民族认同感、民族归属感的形成以及民族精神的内化。

（二）现代社会载体传承的困境

利用多样化的传承载体，通过培训讲座、研讨座谈、模仿等方式进行学习与交流，不断向人们展示蒙古英雄史诗变化后的新样式——乌力格尔艺术的民族特色与文化价值，实现了民族文化教育与保护、传承与发展等方面的开拓。可以肯定的是，社会教育事业利用其特有载体在普及民族文化知识、传承文化遗产、弥补教育资源不足、推动教育事业改革等方面起着重要作用。但在调查中发现，从民族文化遗产保护与传承的角度看现有社会教育机构、载体及其方式还存在缺少互动、合作、共享、现代化建设等问题。

首先，交流互动问题。说唱艺术是用表演的方式展示文化内涵，但讲述者、听众、参与者之间缺乏互动交流。说唱艺术强调表演的即时性、创造性和独特性，而这些特性来源于特定语境表演下的交际资源、个人能力和参与者之间的互动，互动效果直接影响说唱艺人的表演过程、演出经验的总结以及故事改编。在传统乌力格尔的表演中，艺人与观众彼此呼应，在参与交流情境中传习文化艺术。而在乌力格尔演出团队展演或是广播电视节目中播放时，都是将节目提前设定好，在一定时间要求下进行表演，故事内容被限定，艺人不得不将节目压缩，只表演经典选段，减少互动甚至在广播电视节目中取消互动，这就限制了艺人施展拳脚，也抹去了故事传统的原本面貌，这样只是达到了节目表演、艺人展示自己表演技巧的目的，带给观众的仅仅是节目效果的娱乐性，却失去了乌力格尔艺术所要达到的整体性、全面性的价值以及文化交流、文化认同的效果。

其次，资源共享合作问题。传承载体具有社会化特点，形式多样，不同载体具有不同的优势，整体资源分布广泛，各组织单位间相互独立。在进行文化活动宣传与传播时，均由各单位单独组织完成，相互间不曾有共建、共享、整合优质资源的合作。在进入社区开展文化活动时，需要社区各部门协作完成，在协作过程中容易出现各方利益障碍，极大影响了活动开展、文化宣传以及社会教育的发展。部门合作欠佳，成果共享困难，就很难整合社区内各类资源来满足社区群众的文化需求及活动兴趣，从而影响了民众参与活动的主体意识。因此，文化宣传、文化教育、文化传承以社区为单位，通过传承载体间、传承载体与社区各部门间的沟通打破资源壁垒，分享经验，互利合作，才能最大程度发挥各传承载体的功用，提高社区教育资源的利用率与有效率，满足社区群众的文化生活需求。

最后，文化传承场域的现代化建设问题。少数民族文化的传承场所，在传统中主要是与节日相关的特定仪式场。发展至今，受社会经济变迁影响，传统的文化传承场所仍发挥着一定功效，主要是因为少数民族文化具有相对独立的生态系统以及具体的文化特征。对于蒙古族说唱艺术，因其传统说唱内容为英雄史诗、神话、祝赞词等，所以对说唱的仪式有文化要求，对于说唱场所没有特殊限定，主要分为露天场所和室内场所，露天场所简陋，室内场所相对固定，有繁简各异的舞台装置。20世纪50年代后，各地纷纷建立起说书馆、书社、茶社等室内演出场所，有简单的舞台设置。直至今日，据说唱艺人及管理人员介绍，说唱场所的设施有所更新并努力向现代化发展，但看起来依旧简陋：一个围有桌围的书桌、一个台徽、一个衬布、一套音响设备。为适应社会发展要求，保护民族文化，展示文化风采，体现文化价值，需建设符合时代要求的文化传承场所，在硬件设施上，主要体现在场地和先进设备上，如照明、音响、扩音器、幻灯字幕、播录电子设备等；在软件设施上，主要体现在同步虚拟传承场所建设，网络开发、资源数据库建设等。

四、蒙古英雄史诗教育传承困境的成因分析

民族文化的传承与发展离不开教育的推动，教育既是民族文化传承的重要手段，又是体现民族文化价值与功用的必要载体，还是促进民族团结与发展的有效方式。在肯定教育在民族文化传承上的优势和积极作用的同时，也要认识到民族文化教育传承所面临的困境。面对民族文化传承困境，要找到问题关键，为探索和发展教育传承新路径做好铺垫。

（一）蒙古英雄史诗的特殊性

首先，蒙古英雄史诗篇幅较大。蒙古英雄史诗的特点，从结构类型上看分为单篇型史诗、串联复合型史诗和并列复合型史诗，史诗结构复杂；从故事情节上看，由多个史诗母题系列构成，母题系列多样；从人物设定上看，每一篇英雄史诗的基本人物均由正面人物（勇

士）和反面人物（敌人）组成，并在这两位人物的基础上涉及与之相关的多个人物，人物形象丰富；从内容叙事上看，蒙古英雄史诗的故事内容由多个故事情节叠加串联在一起，故事内容跌宕起伏。总的来说，无论是长篇史诗、中篇史诗还是短篇史诗，每一篇蒙古英雄史诗都是由多个故事组成，而各个故事中均涉及多样化的结构、人物和情节，内容丰富、篇幅较长。从这个角度讲，蒙古英雄史诗篇章结构复杂、内容较多，在学校教育中受条件限制，将一篇完整的史诗进行讲解说明是比较困难的。因此，在学校课堂中，对史诗的内容常以简单化、片段化的形式进行讲解，一篇完整的史诗只选取一部分内容，破坏了史诗的整体性和其蕴含的文化精神。可以说，这是一种选择性传承，而选择性的弊端就在于民族文化的深层内涵得不到体现，内容的丰富性和完整性得不到保障。

其次，蒙古英雄史诗与现实生活联系紧密。蒙古英雄史诗是社会发展的产物，反映着民族历史与社会现实。不同类型的史诗是对不同社会发展阶段现实生活的反映。在蒙古史诗形成与发展的特定区域，有着独特的地理环境和人文环境，为适应蒙古族的环境系统，史诗具有了浓厚的生活气息，体现着蒙古族民众的日常生活方式。史诗反映民众生活，又来源于民众生活，与生活息息相关，是民族集体智慧的结晶。近些年，蒙古英雄史诗无论如何演变与发展，它依然体现社会生活，流传在民族群众的日常生活中。因此，蒙古英雄史诗源于生活、反映生活，其传承固然离不开生活实际，在社会生活中才能最大限度地进行传承；而学校教育在传承蒙古英雄史诗的内容和形式上均存在局限性，更多地集中在课堂教学上，缺少实践教学，尤其是青少年阶段的学校教育，在民族文化的学习上，缺少与实际生活、具体文化场域的交互。民族文化依赖生活的土壤，学校教育在文化实践上不够充分，这一问题导致民族文化中许多反映民族群众生活的内容不能独立地在课堂中传授，学生很难理解脱离生活的知识，课后又很少在生活中实践，这样就导致民族文化的生活意义在学校教育中无法得到有效呈现，民族文化的传承受限。

（二）社会多元文化的影响

蒙古民族经过几十年的现代转型，在社会文化生活方面表现出更多的开放性和多元性的特征。传统与现代、本民族与其他民族、主流与非主流的文化特征形成了现代蒙古民族文化生活的多元结构。

1. 多元文化对蒙古族史诗文化发展带来的冲击

首先，中华民族优秀传统文化对蒙古族文化的影响。内蒙古是蒙古族的主要聚居地，但蒙古族人口数量仅占内蒙古地区总人口数量的20%左右，不到一半的人口数量，剩余均为其他民族人口，其中汉族人口占有绝大多数，远超蒙古族人口数量。汉族的文化生活方式对蒙古族文化生活的影响较大。在民族语言和文字的使用上，大量居住在城镇的蒙古族民众，为融入汉族生活，开始学习汉语，逐渐降低了蒙古族语言的使用频率，这使得需要利用蒙语来发展的一些蒙古族文化包括蒙古史诗文化受到了影响；在群众文化生活上，蒙汉民族群众相互融合，城镇里的蒙古族群众受汉族文化生活影响较大，各民族相互交流、交融，体现民族文化特色的文化生活方式仅会出现在一些传统的文化节日中。因此，不断吸收借鉴中华民族优秀传统文化，并将其融入蒙古族群众生活以及蒙古族文化艺术作品中，使得史诗文化发生了相应的变化。

其次，多元文化对蒙古族文化的影响。随着经济全球化及文化多元格局的产生，各国家各领域的交流愈加频繁，各国文化相继涌入中国，受到年轻人的喜爱与追捧，对外来的“新”的追求与学习，对本土的“旧”的忽略与淡漠，形成了一种社会型心态，这一心态直接影响传统文化的地位与作用。少数民族地区的年轻人亦是如此，他们不断接受多元文化，对本民族文化的关注度和兴趣度不断降低。在蒙古族地区已经形成多元文化格局，在这一格局中并不是元素间的简单相加，而是各成分间相互排斥、互动、内化的过程中的再构造。传统的蒙古英雄史诗在此过程中其文化功能和语境发生改变，有的消失，有的变化，有的传承下来，在结构上空出一定文化空间，使得一些外来的新文化填充进来。这种填充式的替代趋势影响着民族传统文化的生存与发展。

2. 文化教育方式对蒙古史诗文化教育产生的影响

从教育方式的角度看，社会教育方面对民族文化的宣传与发展所需的设施、场地及有效资源，存在建设不到位、资源匮乏等问题，学校教育方面对民族文化的保护与传承的教育比重不足。

首先，学校教育的课程设置。课程是组织教学的主要依据，是集中体现和反映教育思想和教育观念的载体。学校根据国家课程标准进行课程设置，在课程内容和教材选择上，按照教育部门提供的标准，在一定范围内对教材、资料进行选择。因文化背景不同以及地区间差异，少数民族地区的课程设置具有一定的民族性和地域性，教育部门提出实行三级课程管理模式，鼓励开设地方性课程。学校在课程设置上，按照教育行政部门的要求围绕传授现代科技知识的目标展开，而民族文化相关的课程，却很难被纳入已有的标准化的课程体系中。民族文化教育相关的课程不能以标准化形式进行课程设置，课程无法保证，以课程方式进行的文化教育传承受到制约。

其次，学校教育的学习内容。学校教育中的知识传递，是在有限的时间里、规定的范围内，将知识进行传授，实现传授效率最大化。学校教育中的学习内容是有限的。在有限的时间里，以及由此产生的应试导向，学生用大量的时间学习课本知识来提高分数，而其他文化内容学习时间被迫压缩，很难在时间上获得保证。进行民族文化教育的时间无法得到保证，而仅利用少量时间进行民族文化教育，将无法呈现丰富的民族文化内容，有限的时间决定了民族文化教育的内容将会受限，很难传习民族文化所蕴含的全部内容。在规定的范围内，学校是个封闭式的空间，它从物理空间上规定了教学互动场所，从知识空间上规定了对书本知识的学习。空间限定决定了学生只能在此空间内学习，获取到的民族文化知识、感受到的民族文化活动均来自课堂学习和有限的书本中。而有些民族文化活动需走出课堂，走进活动中去亲身体验，才能感知民族文化的魅力，激发民族自豪感，自觉形成民族文化传承意识。在学校中限定了时间、设定了范围，使得民族文化传习与现实生活缺少紧密联系，民族文化的学校教育传承方式有着局限性。

最后，学校教育的特定群体。学校教育是人生发展到某个阶段而进行的教育，具有一定的间断性。接受学校教育的群体集中在青少年阶段，年龄上具有统一性。对文化知识的学习，青少年阶段需集中学习，使其不断内化。相对而言，这一年龄段的学生对少数民族文化或是本民族文化的学习观念比较薄弱。当学生们离开学校环境，不再接受系统学习，走向社会，受社会中各种因素影响，即使在学校接受了完整的民族文化教育，面对不同文化需求以及多元文化冲击，学习到的民族文化也会变得很脆弱，易被其他文化影响。

第六章

文化大数据助力蒙古英雄史诗的现代教育传承与保护

"大数据将为原有的和新近的教育提供者所组成的充满生机的生态系统创设一种厚实的基础，这在学习时间和学习场所正变得无处不在和无时不在的今天表现得尤为明显。"①

——维克托·迈尔·舍恩伯格

路径依赖理论强调对历史变迁动态过程的理解，注重偶然因素在路径创造中的重要作用。那么，该理论中的"历史的作用""偶然因素""路径创造"思想将如何运用到具体问题中呢？在蒙古英雄史诗教育传承方式的探讨上，可运用路径依赖理论对相关教育传承内容进行理论引导。蒙古英雄史诗形成与发展、演变与传承的过程中，逐渐形成了具有民族特色的文化特质，而将史诗中所蕴含的深层文化特质通过教育的方式进行有效的传承，有助于民族文化发展，提升民族凝聚力，促进各民族团结与社会和谐稳定。传统的蒙古英雄史诗传承方式已不能满足民族文化发展的需要，而为适应现代社会发展需求，传承与延续民族文化特

① 赵中建，张燕南．与大数据同行的学习与教育——《大数据时代》作者舍恩伯格教授和库克耶先生访谈［J］．全球教育展望，2014（12）：4.

质和民族精神，使蒙古英雄史诗能继续发挥其文化功用，需在原有教育传承方式的基础上寻找突破口，探索新路径以实现教育传承方式的创新。随着信息时代的到来，文化大数据的引入，其作用和影响受到广泛关注，而大数据在教育与文化领域的应用，其影响力和效果也逐渐显现。借助现代教育手段，应用以服务教育为目的的多种文化资源，利用大数据的开放性、服务性和智慧性有效推动教育平台系统、服务体系和教育愿景的实现，以打造一个开放式、自循环和可持续发展的促进民族文化传承的教育生态体系。

一、蒙古英雄史诗教育传承与数字化保护的总体规划

文化传承在于通过主体与文化的有机结合，以符号的传递和认同来实现，是文化在民族内部不同社会成员间进行的持续的、接力形式的纵向传递过程。由于其生存具备同样的自然环境、生存条件及文化背景，该过程具备强制性和模式化的特性，进而会形成适应区域环境的文化传承机制，会使民族文化在时代变化的进程中仍具有完整性、稳定性和延续性的特征。文化传承的中心问题就是文化的民族性，即可如此解释——文化传承是文化具有民族性的基本机制，是维系民族共同体的内在动因。若从民族这个人群的生存和发展层面来说，文化传承的本质“是一种文化的再生产，是民族群体的自我完善，是社会中权利和义务的传递，是民族意识的深层次积累，是纵向的‘文化基因’复制”①。

① 赵世林．论民族文化传承的本质［J］．北京大学学报（哲学社会科学版），2002（3）：15.

这里所谓的“是民族意识的深层次积累”在于它不仅传递的是一个民族的文化本身，更是构成民族认同感和内聚感的核心要素的传递。这些核心要素通过民族意识的心理传承，经过漫长历史周期的积累形成了稳定的不易改变的民族意识形态。这也是一个民族延续发展最重要的“根”的体现。而“文化基因复制”是一种纵向的复制，“纵向”是为了一个民族文化的发展始终沿着一个方向、一个轨迹运行，“复制”又不是原封不动的复制，会随着时代的变迁和环境的变化，在保持原有方向的基础上，再复制、再学习、再生产的循环过程。

在民族文化传承的教育生态体系中，大数据发挥着怎样的独特作用呢？它将如何加速文化传承及教育生态体系的有序发展呢？随着大数据技术在教育领域的应用，它将推动教育平台系统建设，汇聚各种教育资源形成开放的教育数据平台；教育服务体系的构建，将提供便捷广泛的教育服务；教育愿景的实现，将满足多层次不同人群的终身教育需求。其中，教育数据平台系统是民族文化教育传承体系发展的基础支撑，利用该平台可以实现多种教育资源、民族文化资源的整合，为优质资源共享提供支撑平台；教育服务体系是民族文化教育传承体系发展的实施路径，可通过丰富的教育资源与文化资源，拓展服务体系，挖掘教育传承渠道，提供广泛且便捷的民族文化教育传承服务；教育愿景是民族文化教育传承体系发展的根本目标，可满足多层次不同人群对教育与文化的需求。

（一）开放式平台系统

平台系统可发挥教育与文化资源的整合功能，将各类教育资源及相关民族文化资源进行汇聚整合，使各级教育机构、文化机构、学生、家长、社会人员等主体所掌握的教育数据及民族文化数据实现互联互通，通过对数据的管理，打造传承民族文化的教育综合服务平台，实现教育与文化数据的共享，并通过数据开放、数据共享和数据交换等机制实现对数据的管理与治理。教育机构、文化机构可以利用这些数据资源为教师、学生、家长、普通民众等提供丰富的教育与文化服务，各级管理部门可以利用这些数据资源制定科学的政策决策，实现有效监管，进而推动服务体系的形成。

将教育资源与文化资源进行搜集、整理、高度整合形成庞大数据资源，这些数据资源将进一步为教育与文化服务，同时又进一步推动教育平台的开放以及平台内资源的有效共享。教育平台的开放性可有效汇集不同主体所掌握的资源，通过开放、共享、合作等方式全面改善教育与文化的环境，推动教育朝着更广的平台方向发展。以政府、学校教育机构、文化服务部门、科研机构为主体所掌握的狭义性质的数据资源的开放，可以在很大程度上改善教育政策环境，而以涵盖政府、企业、教育机构、公众等多方主体所掌握的广义性质的数据资源开放，可实现全社会教育与文化数据资源的共享与交互，从点对点、一对一的共享向一对多、多对多的多边数据服务发展，从而改善教育与文化发展的社会环境。平台内资源的有效共享可缩小地区间的差距。在大数据的理念下，所有的教育与文化信息都可以形成资源的信息化平台，通过互联网对资源进行数据整合、优化配置，让优质资源形成一种流动的良性循环，让分享和共享资源的渠道越来越多，让可学习的资源发挥越来越大的效用，使受用人群和受用地域越来越广，最终形成一个互通有无、交流共享、共同提升的信息化资源平台。

在教育与文化资源的信息化平台中，蒙古英雄史诗等一些能够体现民族特色的文化资源，可利用平台的优势，进行资源的数据化处理，实现资源开放、共享与交互，突破民族文化的地域限制，让更多的人认识蒙古族、了解蒙古民族文化。而在平台中，学习者可以通过文字、图片、音视频等不同方式学习与蒙古英雄史诗相关的蒙古民族文化，实现民族文化知识学习的目的，教学者可以通过多种技术工具、远程教学平台、多媒体教学设备获取平台文化资源作为教学资源进行展示，达到辅助教学的目的。这样，平台系统是学习民族文化知识的资源库，是提供教学的资料库，利用开放性平台有助于民族文化的学习，促进民族文化知识的流动与传播，为民族文化的有效传承起到关键性作用。

（二）自循环服务体系

服务体系是在教育与文化数据资源平台系统的基础上，以服务学习者、教师、家长、教育与文化管理者、公众等主体为核心，围绕教学、学习、管理、科研、评价、文化服务等核心活动提供更加完善的产品与服务，提供更加便捷的获取服务的渠道，提供更加广泛的服务内容。目前，针对教育与文化领域的产品及服务，主要表现为面向教育管理人员的管理系统，如学籍管理系统、教务办公系统、档案存储系统等；面向教师的资源库以及备课、授课、教研、师资培训等方面的应用系统；面向学生的学习资源和多种学习方式，如自主学习、探究学习、协助学习以及面向家长的家校互联等应用系统；面向普通民众的资源库以及满足文化、生活、娱乐、教育等方面需求的应用系统。这些应用系统将产生海量数据资源，可为平台系统提供更多新的教育与文化数据资源。可以说，这种平台系统与服务体系之间基于“数据—服务—数据”的转换应用模式，促进了平台与平台间、体系与体系间、平台与体系间的良性互动、自循环和可持续发展。

通过各服务应用系统产生的海量数据，将助推教育与文化数据资源服务体系的完善。加速发展的教育与文化数据资源服务体系，将会对教育决策与政策制定、教育教学过程改革、文化的教育传承与创新等方面产生重大影响。在教育领域，因服务体系产生的海量数据已经开始被应用到实际的教育政策研究与实践中。在文化领域，数据资源服务体系将服务于各种文化学习活动，与之相关的文化信息系统将得到开发和应用，将应用系统中搜集到的海量数据进行文化学习分析，根据分析结果调整文化结构，设计更适用于广大民众的个性化学习以及服务文化活动的系统，以此达到文化知识的有效传播、多层次人群文化需求的满足、文化的全民教育与传承。

在保护与传承蒙古英雄史诗等一些独特的、丰富的民族文化时，可利用教育与文化数据资源服务体系，对庞大的非结构性数据（文本、图像、声音、视频、多媒体等）进行整理、资源转化与数据分析。通过数据转化分析，将更能精细化地捕捉到各个层面数据的变化，从数据结构及数据变化中了解文化动态，适时调整文化教育服务方式，为少数民族文化的保护与传承提供数据支持，为制定民族文化保护与传承政策提供参考。

（三）可持续教育传承愿景

针对民族文化的可持续发展，教育传承愿景是基于教育与文化数据资源的平台系统和服务体系形成的多层次、终身的文化教育传承模式，它将整合个体的、家庭的、学校的、社会的一切教育与文化资源，使社会成员处在一种“人人学、时时学、处处学、终身学”的可持续发展的教育文化环境中。在民族文化的教育传承方面，从教学范畴上看，包括小学教育、中学教育、职业教育、高等教育等；从教育时间上看，包括全日制、业余教育、闲暇教育和终身教育；从教育对象上看，涵盖从全日制学生到全体国民，即所有社会成员的学习；从教育机构上看，要打破单一的学校教育机构，使学校教育、家庭教育、社会教育有机整合；从教育方式上看，将采取一切有效的途径、方式方法，包括教学与自学、传统教育与现代教育方式、集中培训与闲暇教育等；从教育体系上看，构建家庭、学校、社会三位一体的教育网络；从教育目的上看，不仅仅是对民族文化知识的掌握，而是在获取民族文化知识的基础上，感受民族文化魅力，体会民族文化价值，传承民族文化中所蕴含的民族精神，实现自我认同、民族认同以及国家认同。

基于上述所有分析可知，随着大数据在教育与文化领域的广泛应用，其影响力和效用力将逐渐显现。对于保护与传承少数民族文化，可利用大数据的开放性、服务性和智慧性，推动教育与文化数据资源平台系统、服务体系的建立以及教育传承愿景的实现，形成一个开放式的、自循环的可持续发展的民族文化传承的教育生态体系。在该体系中，通过免费开放、共享和交换等方式提升国家、社会、企业、学校教育机构、家长、其他民众等主体对教育与文化资源的使用率，进而使政策环境、社会环境得到有效改善。良好的文化生态环境将为文化的有效传承提供坚实的基础。同时，通过不断丰富的教育文化平台与服务体系，将推动大数据在教育与文化领域的应用，利用数据资源驱动教育与文化发展的政策制定、精细化管理等，可达到文化传承教育生态体系的良性互动与可持续发展，进而满足多层次人群终身学习的教育需求。

二、蒙古英雄史诗教育传承与数字化保护的支撑要素

近年来，信息社会的高速发展引来了数据规模的爆炸式增长。在文化领域，借助大数据的资料分析，有助于发现文化研究领域的新现象，揭示文化发展新规律，并预测未来发展趋势。大数据在文化的教育、传承、服务、科研、评价、管理等方面逐渐显露出优势，不仅优化了传统文化服务范式，而且为文化的教育与传承、发展与创新提供了支撑和保障。在少数民族文化传承与发展问题上，也要借助信息化发展趋势，以数据载体为支撑，实现少数民族文化传承与发展的新突破。承担少数民族文化数据收集、整理、传播的教育载体主要有以下几类。

（一）数字图书馆专题数据库

数字图书馆是利用计算机网络、多媒体等现代信息技术，实现图书、文献等资源的数字化，并提供阅读、下载等服务的系统。当下接触较多的数字图书馆主要集中在各大高等院校以及大型公共图书馆，除此之外，还有一些依托市场化发展以公司开发的形式出现的数字图书馆，如超星、国家数字图书馆等，广受学习者喜爱和欢迎。数字图书馆可实现信息资源共建、共知与共享，发挥最大社会效益为文化和教育事业服务。在一些数字图书馆中设有专题数据库涉及少数民族文化的内容，如中国非物质文化遗产名录数据库，该库包含民间文学、民间音乐、民间舞蹈、传统戏剧、曲艺、民俗等几类非物质文化遗产条目，读者可按省份进行资源检索，通过链接显示资源内容。在各高校承担的数字图书馆

专题数据库建设项目中，也有大量与少数民族文化有关的专题数据库，如“东北民俗数据库”，但高校数据库存在只对内部师生开放、不对校外人员开放的限制，在很大程度上影响了资源传递与共享。

对于蒙古英雄史诗等具有少数民族特色资源的保护与教育传承上，依托数字图书馆作为载体有以下优势：在资源保护上，将文化资源进行数字化转化存储在数据库中，以图文、文档、视频为主，进行分类管理，提供链接下载，既可做到文化资源长久保存，又可达到代代传阅、时时学习的目的；在教育传承上，数据库中的资源可为教师、学生、家长、科研人员、普通民众提供学习资料和文献资料，让他们充分了解少数民族文化的各种形式与内容，师生充分利用数字图书馆资源，可为探究式学习、小组协作、师生互动等教学活动的开展搭建平台提供帮助。

（二）特色专题网站

专题网站是围绕某一项或多项专题而设计开发的网站，其目的是为用户提供一个基于网络的专题信息服务平台，为信息需求者提供专题资源和协作交流。[①] 专题网站的实质就是一个基于网络资源的专题研究和协作式学习系统。它通过网络学习环境，向学习者提供足够多的专题学习资源，提供协作学习和交流的工具。它强调通过学习者自主性的探索、研究、协作来解决问题。针对少数民族文化而开发了专题网站可以作为民众和学生学习、传播与传承文化的主要渠道。如由教育部主管、北京大学文化资源研究中心主办的中国非物质文化遗产网，该网站基于

---

① 沙景荣，贺相春．专题网站的设计与技术实现［M］．北京：北京大学出版社，2010：4.

全国各类非物质文化遗产而开发了专题网站，网站内设有各个专题板块以及分类检索系统，有关于政策法规、重大活动、非物质文化遗产介绍的以及各省份的非遗链接，方便读者查阅与检索。专题网站作为教育传承载体，它可以是一种教学工具、一种教学方式或是一个教学环境，联合网络教学平台一起构成学生在信息化环境的背景下进行少数民族文化学习与传承的有效学习环境，可以帮助和促进学生了解、学习、探究和实践所学到的相关文化知识。

研发与蒙古英雄史诗相关的蒙古民族传统文化专题网站；将散落在民族间、分布在各个角落的蒙古英雄史诗说唱艺术及其演唱文本，通过数字化的方式加以整合，突破时间和空间上的限制加以保存，这样就不会因时间的推移致使史诗文本遗失，可以让用户在任何时间任何地点相互交流、发布、浏览文化信息；通过图文、声音和视频综合呈现的方式，生动形象地展现史诗艺人们留下的文化经典；通过合理的设计，在传承人和青少年学生间建立有效的沟通渠道，以避免出现因传承人逝去而使年轻人失去学习和传承民族文化兴趣的困境。

（三）数字博物馆

数字博物馆是“运用数字媒体技术、计算机网络技术、虚拟现实技术，将现实生活中或实体博物馆中的藏品进行数字化并通过网络呈现的博物馆”①。与传统的博物馆相比，它突破了时间和空间的限制，使人们无论在任何时间、任何地点，都可以借助计算机网络达到虚拟参观和游览博物馆的目的。随着计算机网络技术和数字媒介技术的不断发

① 王小根．吴地文化遗产数字化及其教育传承［M］．北京：科学出版社，2013：43.

展，数字博物馆从早期的图文介绍，逐步发展到现在三维虚拟场景的漫游和交互，其功能和浏览形式得到很大优化。

数字博物馆可作为蒙古英雄史诗等一些少数民族文化遗产保护与教育传承的重要载体。借助扫描、拍摄等多媒体计算机技术对具体文化遗产对象进行数字化转化，然后再进行内容与教学模式的设计形成数字博物馆中的馆藏资源，媒体丰富、界面直观的数字博物馆，可以实现形象且生动的参观和浏览体验。

对于文化传承对象来讲，数字博物馆可以提供提前了解与学习各项文化的机会，为传承对象理性选择及以后的学习提供充分准备。对于各级各类学生来讲，数字博物馆可以帮助他们线上学习民族文化遗产方面的知识，可结合学校的教学实践活动，开展文化教育传承方面的知识学习。我国现有的数字博物馆中，如中国国家博物馆，利用图、文、视频等形式，将内容进行数字化建库展示，在一些活动栏目中，推出各项教育教学活动，定期开展一系列文化遗产方面的教育教学活动，方便师生利用国家数字博物馆资源进行教学与学习活动。

总的来讲，面对蒙古英雄史诗等一些具有民族特色的非物质文化遗产类的项目时，数字化技术的功能主要在于数字化存储、数字化展示和教育传承服务。在数字化存储上，是对音频、视频等进行数字化转化并将其存储在专业数据库中，进行网页浏览与检索；在数字化展示上，可利用虚拟技术根据文化的不同类别进行分类展出；在教育传承服务上，网站中提供音频、视频、图片等数字化资料及相关活动内容，进行专题空间设置，将其作为教育资源，方便师生浏览学习、开展教学。

（四）移动学习端

移动学习结合数字化学习的多媒体性、交互性、学习个性化以及移动技术的便捷性、及时性、移动性、泛在性、自主性、超时空性、情境性、内容微型性和游戏性等特点，为学习者创造一个不受时间、空间限制，提供多方位交互、多人协作、资源数字化、情景化的学习模式，可以随时随地访问，并进行讨论与学习。[①] 民族文化遗产的保护与教育具有特殊性，有些文化内容无法在学校范围内或是社区范围内开展教育活动，只能以实地访问和实践的方式展开，而移动学习的多媒体性、移动性和便捷性可满足文化教育传承活态性、实践性、独特性的需要，更好地提升教育传承效果。如一些博物院推出移动学习端，推广行动学习，并对其进行研究，制作了很多课程，建置学习平台供广大学习者使用。随着信息技术的进步，学习端不断升级，人们的学习方式逐渐从完全在线学习到混合学习，再到行动学习，并且与学校合作，在老师的指导下，学生的学习成效显著提升。此外，现有项目面向文化遗产领域进行教育传承的应用，也为我们研究少数民族文化的移动学习提供了技术支持与经验借鉴。

蒙古英雄史诗作为蒙古民族历史发展进程中所创作的精神财富，它是在一定时期、一定地域内形成的民族民间文学作品，是对当时当地社会群体生活的映射。移动学习的独特性可为蒙古英雄史诗的教育传承提供有效保障，也可弥补当前家庭教育传承、学校教育传承以及社区教育传承中的一些不足，克服传承过程中面临的困境。移动学习作为当下学

① 王小根．吴地文化遗产数字化及其教育传承［M］．北京：科学出版社，2013：86.

习的主要方式，已成为人们生活的一部分，它在少数民族文化传承上具有很大优势，可丰富文化传承形式，实现文化传承跨区域的普及，使学习者与文化本身、文化传承人实现“零距离”接触，满足社会快节奏、碎片化的文化需要，进而达到碎片式微型文化传承的目的。

（五）微课程设计

在信息时代，网络信息的传递与交流变得越来越快速和高效。与此同时，一些“微”产品，不知不觉中进入人们的生活，宣告了“微时代”的到来。在此背景下，随着教育领域中移动教学设备和无线网络技术的应用，基于微课的教学活动应运而生。我国的微课概念由学者胡铁生率先提出。他认为，微课是指按照新课程标准及教学实践要求，以教学视频为主要载体，反映教育在课堂教学过程中针对某个知识点或教学环节而开展教与学活动的各种教学资源的有机组合。① 微课不仅是一种新的学习工具，更是一种新的学习方式，它为学习者个性化学习提供了条件，鼓励学生自主学习，转变教师的授课形式，使得学习从课堂延伸到人们的生活中。

基于民族文化遗产教育传承的微课，试用在微课对校本课程开发与应用上。从实地调查的学校中发现，在仅有的几个设有校本课程的学校，其课程实施效果并不理想，学生很难从中获得民族文化知识及相关能力的提升，缺少学习兴趣，缺乏发展动力，影响民族文化在学校教育中的传承。面对这些问题需要反思与探索，在现代通信技术和数字化不

① 胡铁生．“微课”：区域教育信息资源发展的新趋势［J］．电化教育研究，2011（2）：46.

断发展的条件下需找寻一个新的教学形式或在原有形式的基础上进行创新来满足民族文化发展与传承的需要。那么，可以采用微课与校本课程相结合的方式，即将微课视为教学方式应用到校本课程中，以民族文化校本课程教学中要解决的问题为核心，限定时间，以视频、音频、动画或者 PPT 的形式呈现，以微量的内容为组块，使学习者保持轻松愉悦的学习心态，设计或改进目前已有的关于民族文化的校本课程，以此来提高民族文化教育传承的效果。

（六）教育游戏

从广义上讲，教育游戏是具有教育性和游戏性的兼容互补，具有教学软件和计算机游戏的特征，针对具体的教学内容和教学目标，满足正式学习和非正式学习的计算机软件；从狭义上讲，教育游戏是以教育教学为主要目标，具有游戏特征的多媒体教学软件。① 祝智庭教授认为，教育游戏是将生命的体验与乐趣变为学习的目的与手段的一套工具与方法。② 作为教育信息化时代出现的一种新方式，教育游戏充分利用学习者的内在动机，如好奇、挑战、幻想、竞争、合作等来实现核心目的。教育游戏的过程是一个虚拟仿真的情景，是与他人合作认识环境，不断接近目标，富有探索性的学习过程。学习者在教育游戏中是决策者，是学习主体，通过观察、分析、提出策略、实施、反馈等步骤来完成任务并获取技能和知识，他们可按照自己的意愿选择学习资源而不是被动地接受。

① 王小根．吴地文化遗产数字化及其教育传承［M］．北京：科学出版社，2013：175.

② 赵兰海，祝智庭．关于教育游戏的定语与分类探析［A］．第十届全球华人计算机教育应用会议．

面向少数民族文化而进行教育游戏设计，以寓教于乐的方式进行民族文化的教育传承，有助于激发学生的学习兴趣，使其保持旺盛的学习动机。关于民族文化的教育游戏设计，可充分利用民族文化背后的历史故事、文化形式、习俗等内容作为游戏设计参考，让学生通过游戏充分了解民族历史人物、历史情境、历史故事、相关物品和习俗等；而蒙古英雄史诗由一部部民族故事组成，其内容丰富，形式多样，情节跌宕起伏，民族特色明显；将史诗内容进行教育游戏设计，既可强化学生对史诗内容的记忆，又可加深其对史诗文化的了解。可以说，教育游戏有助于学生在游戏中掌握民族文化知识，理解文化内涵，探索文化价值，达到文化传承、强化学习、提升认同感的文化教育目的。

三、蒙古英雄史诗教育传承与数字化保护的路径选择

“文化特质具有顽强的生命力，大部分文化变迁、自我更新是渐进的”，“若要突破原有路径依赖，需改变环境，受外部冲击，才会导致路径发生变化”，“路径发生改变的方式之一，即在原有路径基础上有意创造新的路径分支”。[①] 也就是说，路径依赖理论强调文化的稳定性和持久性，而文化更新的渐进性意味着吸收其他文化时具有选择性，不是所有文化均能得到有效吸收。吸收其他文化的合理内容和先进部分，使原有文化本身发生改变而得到发展。文化自身发生了变化，原有传承路径也会随新内容的加入而发生轨道变化，因此有必要在原有路径基础

① （美）道格拉斯·C诺思．制度、制度变迁与经济绩效［M］．杭行，译．上海：格致出版社，2014：8.

上创设新的传承路径，以适应时代的变化和社会的发展。当前，大数据时代的到来，信息技术和互联网的运用，为少数民族文化的传承带来了新视角和新方向，同时也冲击着少数民族文化的发展，使其面临着许多困境与挑战。面对困境与挑战，要充分应用整合文化资源与教育资源，并以服务教育为目的构建多种文化大数据平台，为民族文化遗产的教育传承开创新路径。

（一）建立民族文化遗产数据库，拓展丰富校本课程教学资源

文化遗产数据库是应用数字化技术保存、展现、传播文化遗产的复合信息系统，具有存储量大、内容丰富、传播广泛、查询方便等特点。[①] 建立文化遗产数据库要对文化信息资源进行编码、转化、存储、复制等方面的处理，创建一个文化遗产的虚拟数字化环境，这样既促进了文化保护又达到了文化传播的效果。以内蒙古地区为例，在保护蒙古族文化资源方面现有文化遗产数据库，如“内蒙古民族民间文化遗产数据库”，以及反映蒙古族区域特色文化且含有蒙古英雄史诗相关内容的“科尔沁文化特色数据库”。文化遗产数据库的建立在于展现民族民间文化；而将文化遗产数据库中的文化资源转化成教育资源，以生动形象的呈现方式服务于家庭、社区和学校，在于文化渗透；将文化资源更好地融入民族群众的学习生活中，在于满足教育需求，缓解教育资源紧缺，更重要的是要达到文化遗产在生活中学习、在学习中传承的目的。

针对少数民族传统文化而开发设置校本课程，是学校教育中传承民

① 罗江华．论文化遗产数据库的构建及转化为教育资源的策略［J］．贵州民族研究，2011，32（6）：142.

族文化的有效教学方式。建立蒙古族文化遗产数据库、设置蒙古英雄史诗专题的校本课程并将二者结合是促进双方共同发展的过程，利用文化遗产数据库中的资源，将其运用到校本课程的教学中，既可丰富教学资源，又能让学生不受时空限制全方位感受和体验民族文化所带来的传播效果。同时，在校本课程的教学中，教师结合微课的方式，鼓励学生参与微课设计与开发，自己设计学习，体现学习自主性，帮助学生学习民族文化，提升对民族文化的兴趣与热爱，引导学生搜集、记录、整理和分析民族文化相关资料，这样既能补充文化遗产数据库中的资源，培养学生搜集处理信息及获取新知识的能力，又能增加学生学习民族文化的兴趣，激发学习动机，为文化传承自觉意识的产生提供帮助。

（二）运用互联媒介传播方式，发展学校社区开放互动式教学

伴随网络计算机的应用而形成的新型数字化媒介传播方式，为少数民族传统文化的传承提供了新方式。新型数字化媒介具有传播方式多样、传播范围广泛、传播速度快捷的特点，主要媒介包括数字电视、数字报纸、触摸媒体、移动终端、互联网等。利用新型数字化媒介传播有助于少数民族传统文化在传播范围上，从小众传播走向大众传播；在传播方式上，从口传身授的传统方式走向可视化、虚拟化的现代方式；在受众群体上，从本民族群体间传播走向其他民族群体间传播。少数民族传统文化的新型数字化媒介传播方式既是文化保护的存储器又是文化传承的助推器，它可作为中介连接学校与社区，形成教育一体化模式，实现少数民族传统文化的开放式、互动式学习。

在学校，学生学习蒙古英雄史诗等一些民族民俗文化，主要是通过教师的课堂讲解，然而对学生来讲，这一方式缺少直观感受和文化探索

实践，不能深入了解文化本身及其精髓。而少数民族文化传承人、民间艺人经常以社区为舞台进行文化展演。学校与社区间存在彼此隔离现象，应搭建文化桥梁建立联系，防止文化孤立，为少数民族传统文化的传播与发展，利用新型媒介方式，寻求学校与社区间相互沟通、相互参与、资源共享的机会。开展参与学习，学校面向社区，组织校园活动，让传承人、民间艺人走进校园与学生面对面交流，同时利用移动终端、互联网等媒体用以辅助宣传，将活动进行实时记录，作为传承资料进行存储；社区面向学校，为学生接触更直观的文化资源提供实践场所，学生可与传承人、传播者、实践者进行面对面交流，并根据自身兴趣、个性需求学习传统文化知识，获取更多资源，达到良好互动，进而推动原有的被动式传授文化知识向积极互动模式的转变。在学校与社区开放互动式发展过程中，要充分利用新型数字化媒介，它有助于扩展传授者与学习者之间关系的多样化，促进师徒相授、同行相助的便捷化，推动少数民族传统文化圈的智能化，最终为少数民族传统文化的传承与发展提供新助力。

（三）构建文化公共服务平台，促进文化资源与教育传承对接

文化资源的传统公共服务平台主要有文化馆、图书馆、纪念馆、博物馆等，而随着数字技术的应用，文化公共服务平台也呈现出新形态，如数字图书馆、数字博物馆等。新型数字化服务平台相对于传统服务平台来讲，更加开放、便捷、实时，它打破了时空限制，最大程度地展示和传播文化，最大限度地实现文化资源利用、整合与共享。无论是传统的还是现代的文化公共服务平台，它们都发挥着文化保护、文化传播、文化教育的功能，具有较强的引领和带动作用。文化公共服务平台既是

社会资源又是社会教育的主要机构，承担着重要的社会教育职责，但现有平台间存在文化信息孤立、文化资源转化为教育资源不足等现象。

蒙古族地区文化资源丰富，民族特色鲜明，为使民族文化得以延续与发展，需整合文化信息，建设以服务现代教育为目标的文化服务平台，进行资源转化，以教育促进文化传承；而蒙古族文化服务平台建设，需在传统服务平台的基础上，利用移动终端互联网，开发数字化服务平台，将数字化服务应用到学校教育和社会教育中，教师、学生、其他群体可对文化资源进行时时学与处处用。这样既有助于保护民族文化遗产，加速对文化的认识与传播，促进文化在教育中的应用与传承，又有助于增进少数民族文化与其他文化间的交流与互动，还有助于将孤立的文化资源转化为共建共享的社会公众学习资源，满足教育改革对教育资源的需求，为学习者提供了解民族文化的教育内容。

参考文献

一、著作

[1] 策·达木丁苏荣. 蒙古古代文学一百篇［M］. 呼和浩特：内蒙古人民出版社，1979.

[2]（美）克莱德·克鲁洪. 文化与个人［M］. 高佳，何江，何维凌，译. 杭州：浙江人民出版社，1986.

[3]（美）露丝·本尼迪克特. 文化模式［M］. 王炜，译. 北京：生活·读书·新知三联书店，1988.

[4] 高平书. 蔡元培教育论著选［M］. 北京：人民教育出版社，1991.

[5] 马秋帆，熊明安. 晏阳初教育论著选［M］. 北京：人民教育出版社，1993.

[6] 马秋帆. 梁漱溟教育论著选［M］. 北京：人民教育出版

社，1994.

[7] 江应梁. 中国民族史（下）[M]. 北京：民族出版社，1996.

[8]（英）安东尼·吉登斯. 现代性与自我认同 [M]. 赵旭东，方文，译. 北京：生活·读书·新知三联书店，1998.

[9] 特格舍，周玉树. 中国少数民族教育史·蒙古族教育史 [M]. 昆明：云南教育出版社，1998.

[10]（美）克利福德·格尔茨. 文化的解释 [M]. 韩莉，译. 南京：译林出版社，2014.

[11] 荣苏赫，等. 蒙古族文学史 [M]. 呼和浩特：内蒙古人民出版社，2000.

[12] 萨仁格日勒. 蒙古史诗生成论 [M] 北京：中央民族大学出版社，2001.

[13] 周鸿. 西南民族现代化与文化变异 [M]. 成都：四川人民出版社，2002.

[14] 陈岗龙，蟒古思故事论 [M]. 北京：北京师范大学出版社，2003.

[15] 顾明远. 中国教育的文化基础 [M]. 太原：山西教育出版社，2004.

[16] 李思强. 共生构建说论纲 [M]. 北京：中国社会科学出版社，2004.

[17] 博特乐图. 胡尔奇：科尔沁地方传统中的说唱艺人及其音乐 [M]. 上海：上海音乐学院出版社，2007.

[18] 朋·乌恩. 蒙古族文化研究 [M]. 呼和浩特市：内蒙古教

育出版社，2007.

[19] 王雷．社会教育概论 [M]．北京：光明日报出版社，2007.

[20] 陶行知．陶行知文集 [M]．南京：江苏教育出版社，2008.

[21] 王耀席．民族文化遗产数字化 [M]．北京：人民出版社，2009.

[22] 陈龙．媒介文化通论 [M]．南京：江苏教育出版社，2011.

[23] 博特乐图，哈斯巴特尔．蒙古英雄史诗音乐研究 [M]．北京：中国社会科学出版社，2012.

[24] 陈时见．多元共生与多样化发展：西南民族学校教育发展研究 [M]．北京：商务印书馆，2012.

[25] 博特乐图．表演、文本、语境、传承 [M]．上海：上海音乐学院出版社，2012.

[26] 王小根．吴地文化遗产数字化及其教育传承 [M]．北京：科学出版社，2013.

[27] 仁钦道尔吉．蒙古英雄史诗发展史 [M]．北京：中国社会科学出版社，2013.

[28] 唐斯斯，杨现民，单志广，等．智慧教育与大数据 [M]．北京：科学出版社，2015.

[29] (英) 迈尔·舍恩伯格，肯尼思·库克耶．与大数据同行：学习和教育的未来 [M]．赵中建，张燕南，译．上海：华东师范大学出版社，2015.

二、期刊

[30] 龚超，尚鹤睿．社会教育概念探微 [J]．浙江社会科学，2010 (3)．

[31] 王雷．我国近代社会教育的发展历程与基本经验 [J]．华东师范大学学报（教育科学版），2010 (3)．

[32] 邓平．论学校教育的有限性 [J]．扬州大学学报（高教研究版），2010 (5)．

[33] 王军．民族教育须植根于民族文化的土壤 [J]．中国民族教育，2010 (11)．

[34] 鲍海丽．社区教育：民族文化传承的有效途径 [J]．中国民族教育，2011 (9)．

[35] 王沛，胡发稳．民族文化认同：内涵与结构 [J]．上海师范大学学报（哲学社会科学版），2011 (1)．

[36] 杨才林．民国社会教育论纲 [J]．甘肃社会科学，2011 (2)．

[37] 吴晓蓉，张诗亚．贵州省民族文化进校园的教育人类学考察 [J]．民族教育研究，2011 (3)．

[38] 杨明宏，王德清．断裂与链接：少数民族地区学校教育与少数民族传统文化传承之联动共生 [J]．民族教育研究，2011 (4)．

[39] 周慧梅．域外观念与中国学制变革——基于 20 世纪 30 年代“社会教育制度建设”的考察 [J]．教育研究，2011 (5)．

[40] 普丽春，袁飞．少数民族非物质文化遗产教育传承的主体及其作用 [J]．民族教育研究，2012 (1)．

[41] 黄永林，谈国新．中国非物质文化遗产数字化保护与开发研究 [J]．华中师范大学学报 (人文社会科学版)，2012 (2)．

[42] 周智慧，姚伟．蒙古族民间童话的教育人类学探析 [J]．云南民族大学学报 (哲学社会科学版)，2012 (2)．

[43] 张国超．我国文化遗产社会教育模式构建研究 [J]．贵州师范大学学报 (社会科学版)，2012 (6)．

[44] 栗洪武．学校教育高于生活的品质及其教育学意义 [J]．教育研究，2012 (12)．

[45] 普丽春．少数民族非物质文化遗产教育传承的价值特征 [J]．民族教育研究，2013 (2)．

[46] 杨筑慧．侗族传统社会教育内涵及其与民族文化传承的共生关系初探 [J]．民族教育研究，2013 (1)．

[47] 熊文渊，王建军．民国时期学校教育与社会教育关系的动态考察 [J]．华东师范大学学报 (教育科学版)，2013 (2)．

[48] 魏顺平．学习分析技术：挖掘大数据时代下教育数据的价值 [J]．现代教育技术，2013 (2)．

[49] 陆春萍．1980—2010 年中国少数民族教育研究范式综述 [J]．西北民族研究，2013 (3)．

[50] 共青团上海市委员会．社会教育与青少年全面发展 [J]．中国青年研究，2013 (3)．

[51] 张建中，肖海燕．陶行知的民族观与民族教育思想 [J]．民

族教育研究，2013（3）.

[52] 张荣，韩芳丽，耿寿辉. 当前社会教育的国内外模式研究 [J]. 中国青年研究，2013（3）.

[53] 尹杰. 近十年民族文化教育与传承研究综述 [J]. 民族论坛，2013（4）.

[54] 斯琴托雅. 从胡仁乌力格尔发展过程探析蒙古"故事本子"的含义 [J]. 内蒙古大学学报（哲学社会科学版），2013（4）.

[55] 谈国新，孙传明. 信息空间理论下的非物质文化遗产数字化保护与传播 [J]. 西南民族大学学报（人文社会科学版），2013（6）.

[56] 周菲. 社会教育与学校教育异同的研究 [J]. 中国校外教育，2013（8）.

[57] 黄永林，王伟杰. 数字化传承视域下我国非物质文化遗产分类体系的重构 [J]. 西南民族大学学报（人文社会科学版），2013（8）.

[58] 陆璟. 大数据及其在教育中的应用 [J]. 上海教育科研，2013（9）.

[59] 祝智庭，沈德梅. 基于大数据的教育技术研究新范式 [J]. 电化教育研究，2013（10）.

[60] 张燕南，赵中建. 大数据时代思维方式对教育的启示 [J]. 教育发展研究，2013（21）.

[61] 陈律. 大数据背景下学习分析技术对教学模式的变革 [J]. 中国教育信息化，2013（24）.

[62] 程世岳，叶飞霞. 我国少数民族非物质文化遗产社区教育传承研究 [J]. 广西民族研究，2014（1）.

[63] 陈霜叶，孟浏今，张海燕．大数据时代的教育政策证据：以证据为本理念对中国教育治理现代化与决策科学化的启示［J］．全球教育展望，2014（2）．

[64] 潘鲁生．非物质文化遗产资源转化的亚洲经验与范式建构［J］．民俗研究，2014（2）．

[65] 林青．大数据应用与文化发展趋势：大数据大文化研究报告述评［J］．江西社会科学，2014（3）．

[66] 陈国华，张诗亚．论学校教育传承民族文化的有限性［J］．中国教育学刊，2014（5）．

[67] 陈明兵．大数据时代非物质文化遗产数据库建设的思考［J］．科技情报开发与经济，2014（21）．

[68] 张洪孟，胡凡刚．教育虚拟社区教育大数据的必然回归［J］．开放教育研究，2015（1）．

[69] 杨蕾，李金芮．国外公共数字文化资源整合元数据互操作方式研究［J］．图书与情报，2015（1）．

[70] 何芸，杨尚勤，丁社教．大数据时代文化生产的价值坚守——兼论价值中立的不合理［J］．西北工业大学学报（社会科学版），2015（2）．

[71] 宋俊华．关于非物质文化遗产数字化保护的几点思考［J］．文化遗产，2015（2）．

[72] 王明月．非物质文化遗产保护的数字化风险与路径反思［J］．文化遗产，2015（3）．

[73] 胡弼成，王祖霖．“大数据”对教育的作用、挑战及教育变

革趋势——大数据时代教育变革的最新研究进展综述［J］．现代大学教育，2015（4）．

［74］高淑莲．大数据背景下国外数据素养教育及启示［J］．图书馆研究，2015（6）．

［75］鲍泓．大数据时代文化遗产数据挖掘的认识［J］．北京联合大学学报，2015（7）．

［76］郑立海．大数据时代的教育管理模式变革刍议［J］．中国电化教育，2015（7）．

［77］栗洪武．中国古代学校教育传承与创新中华文化的历史规律［J］．教育研究，2015（10）．

［78］包桂芹．蒙古族传统文化中的生态思想研究［J］．北方民族大学学报（哲学社会科学版），2015（5）．

［79］刘然．蒙古族传统文化中的创新发展基因探析［J］．中南民族大学学报（人文社会科学版），2018（5）．

［80］陈岗龙．诗心与哲思——论巴·布林贝赫《蒙古英雄史诗诗学》的汉译问题［J］．西北民族研究，2018（4）．

［81］赵海燕．中国少数民族三大英雄史诗中身体叙事的文化维度［J］．内蒙古社会科学（汉文版），2019（2）．

［82］仁钦道尔吉．再论勇士故事与英雄史诗的关系［J］．民族文学研究，2021（3）．

三、论文

［83］何红艳．科尔沁蒙古族说唱文学研究［D］．苏州：苏州大

学，2004.

[84] 黄海刚. 蒙元时期的蒙古族教育与文化传承 [D]. 北京：中央民族大学，2006.

[85] 胡灵艳. 扎鲁特旗乌力格尔的传承与保护 [D]. 北京：中央民族大学，2009.

[86] 韩刘. 蒙古族艺术在中小学的传承状况与教育对策研究 [D]. 北京：中央民族大学，2010.

[87] 杨建忠. 学校教育中的民族传统文化传承研究 [D]. 西安：陕西师范大学，2010.

[88] 何华湘. 非物质文化遗产的传播研究 [D]. 上海：华东师范大学，2010.

[89] 王楠. 文化传承与人的发展 [D]. 北京：中央民族大学，2011.

[90] 吕桂云. 论现代学校育人功能的有限性 [D]. 南京：南京师范大学，2012.

[91] 陈晨. 在学校教育中民族文化传承与保护政策研究 [D]. 北京：中央民族大学，2012.

[92] 冯莉. 民间文化遗产传承的原生性与新生性 [D] 天津：天津大学，2012.

[93] 袁春艳. 人口较少民族教育发展研究 [D]. 重庆：西南大学，2012.

[94] 齐占柱. 胡仁乌力格尔与乌力格尔图哆的亲缘关系研究 [D]. 北京：中央民族大学，2013.

[95] 彭春梅. 胡仁·乌力格尔：从书写到口传 [D]. 北京：中央民族大学，2013.

[96] 赵艳. 教育人类学视野下维吾尔木卡姆传承研究 [D]. 西安：陕西师范大学，2014.

[97] 宋丽娜. 论内蒙古新时期长篇小说中蒙古民族文化的表达 [D]. 呼和浩特：内蒙古师范大学，2016.

[98] 文豪. 史诗《江格尔》的跨媒介传播研究 [D]. 兰州：西北民族大学，2021.

[99] 王琪佳. 媒介环境学视阈下《格萨尔》史诗活态化重塑 [D]. 咸阳：西藏民族大学，2021.

[100] 海瑞. 东蒙古短篇史诗的程式研究 [D]. 呼和浩特：内蒙古师范大学，2021.

后　记

蒙古英雄史诗是反映民族历史与民族精神的文化积淀成果，代表着蒙古族民间文化的艺术成就，蕴含着蒙古族的哲学思想、伦理道德、风俗习惯等方面的内容，具有较高的文学价值、珍贵的史学价值、丰富的教育价值和不可忽视的研究价值。蒙古英雄史诗以其百科全书式的内容、永久性的艺术魅力成为蒙古族文化史上最宝贵的财富，是蒙古族传统文化的重要教材。

随着时代的变迁和社会的发展，原有促进蒙古英雄史诗成长与发展的社会文化生态发生了较大改变，使得蒙古英雄史诗传唱受阻，发生了变化，出现了新样态；而变化后的史诗在保留原有本质特征的基础上融合了其他民族的文化特质，同时也受到多元文化的影响。面向多样化发展，蒙古英雄史诗所营造的文化生态正由传统单一型向现代多样化转变，文化生态环境不断变化，使得蒙古英雄史诗的传承与发展面临诸多困境与挑战，主要表现为：传统的民间艺人口头传承方式受阻，出现传承断代现象；活态传承所需的传承场缺失，出现时空范围缩小现象；受其他文化影响史诗内容发生改变，出现民族特色消融现象；史诗受众面缩小，听众群体老龄化严重，出现教育功能弱化现象。面对上述困境与挑战，蒙古英雄史诗的传承方式必须做出调整，在原有教育方式的基础上进行突破，探索新路径以实现教育传承创新，以此来适应时代的变化与社会的发展。

在探索教育传承与数字化保护的路径上，本书以教育学、文化学、民俗学等学科理论为指导，深入分析了蒙古英雄史诗的发展过程、蕴含的文化价值以及所体现的教育意义，全面探讨了传统的师徒式教育传承方式和现代的社会载体式教育传承方式下史诗的传承效果，面临的问题、困境以及解决策略等。蒙古英雄史诗是全体蒙古族群众集体智慧的象征，具有较高的历史研究价值、艺术审美价值和文化教育价值，是促进民族文化认同的教育范本；蒙古英雄史诗所采用的多种传承方式之间并不是相互取代的过程，而是相互补充、各施其能、发挥优势、相互促进、和谐共处的关系，过于强调单一方式的作用，有可能使文化传承出现断层，致使其内在机制失调；民族文化的传承与发展，离不开教育的推动，教育既是民族文化传承的重要手段，又是体现民族文化价值与功能的必要载体，还是促进民族团结与发展的有效方式。因此，在蒙古英雄史诗的教育传承与保护的路径探索上，既要发挥教育的功用，又要结合其他传承方式，使之形成一个相对稳定、完整、统一的整体，共同促进蒙古英雄史诗的传承与发展。所以，为适应信息时代发展，在蒙古英雄史诗的教育传承路径选择上，要借助现代教育手段，包括以服务教育为目的的多种文化资源，尤其利用大数据的开放性、服务性和智能性，可有效地推动教育平台系统、服务体系和教育愿景的实现，打造一个开放式、自循环和可持续发展的促进民族文化传承的教育生态体系。在具体方式上，如利用开放式的数据系统，建立文化遗产数据库，丰富校本课程的教学资源，促进文化资源与教育资源的相互流动、相互利用；通过自循环的文化服务体系，构建文化公共服务平台，打造数字媒介传播方式，突破时空限制，促进民间艺人、社区、学校三类传承方式间的互动式发展。

最后，在研究过程中，虽运用观察、访谈、问卷调查等方法进行了大量实证资料的收集、整理与分析，但由于民族文化的特殊性以及笔者自身相关知识储备不够充足等原因，在观点阐述、问题分析上可能还存在着表述不深入、分析不到位、观点不成熟等瑕疵之处。今后，在民族文化遗产的传承与发展研究上，将努力修正其不足，并将其补充完善。

包莹

于陕西西安

2023 年 2 月底